書下ろし

欲望

探偵・かまわれ玲人《れいじ》

浜田文人

祥伝社文庫

【主な登場人物】

大原《おおはら》　玲人《れいじ》（43）私立探偵
　　　　　　　　　内閣官房付き　非常勤調査官
竹内《たけうち》　小太郎《こたろう》（30）警視庁公安部　公安総務課捜査官
松尾《まつお》　莉子《りこ》（33）内閣情報調査室　国内部職員
前田《まえだ》　和也《かずや》（48）内閣官房　審議官
矢野《やの》　淳也《じゅんや》（58）ＮＰＯ法人　代表
中川《なかがわ》　信一《しんいち》（51）民和党　衆議院議員
山西《やまにし》　貞次郎《ていじろう》（70）民和党　前参議院議員
橋本《はしもと》　直孝《なおたか》（68）山西事務所　私設秘書
稲村《いなむら》　将志《まさし》（62）民和党　衆議院議員

1

夜が更《ふ》けるにつれて雨脚は強まり、近くの窓明かりもぼやけて見える。翌日は梅雨《つゆ》の晴れ間になるとの予報も信じられないほどの土砂降りである。

大原玲人《おおはられいじ》は、両手をハンドルにあて、フロントガラスに顔を近づけた。

まもなく日付が替わる。

路上に人の気配はない。

顔を横にむけた。

生垣のむこうに九階建てのマンションがある。

築五年の建物で、セキュリティ機能は完備している。

それでも神経は弛《ゆる》まない。

玲人は、正面玄関に人の出入りがないのを確認し、右にも後ろにも目を配った。

「しかし、長いよな」

助手席の後藤俊幸《ごとうとしゆき》が間延びした声で言った。

警視庁警備部警護課警護第四係の愛田《あいだ》班に所属する同僚である。

警護第四係には複数の班があり、それぞれ主に政府要人の近接保護、いわゆる身辺警護を行なっているが、一個班がひとりの対象者を警護し続けることはなく、刑事部の捜査員のように二人一組で任務にあたるというわけでもない。きょうは通常勤務の範疇《はんちゅう》で、経済産業大臣の山西貞次郎《やまにしていじろう》を警護しているのだが、コンビを組む予定の相手が急性虫垂炎で入院したので急遽《きゅうきょ》、後藤が代役を務めることになったのだった。

玲人が黙っているうちに後藤が言葉をたした。

「どんな女なんだ」

「普通の人だ」

玲人はそっけなく応えた。

職務に必要な場合を除き、個人情報に関する話は同僚にもしないのが規律である。

「それなら、よほどいい身体をしてるんだな」

後藤が薄く笑った。

「よさないか」

声がとがった。

二年先輩の後藤といえども遠慮《えんりょ》はしない。

後藤が眉間《みけん》に皺《しわ》を刻んだ。

「いい子ぶるな。おまえだって腹が立ってるんだろうよ。公務ならともかく、女の部屋にしけこんでる大臣を……しかも、通常国会の終盤なんだぜ」

「関係ない」

玲人はつっけんどんに返した。

人としては、あるいは、一国民としては後藤の言うとおりである。

しかし玲人は、出勤するさい感情を家に置くよう心がけている。

「まったく、おまえは変わってる。融通《ゆうずう》は利《き》かんし、冗談《じょうだん》も通じん。まあ、SPにはむいてるかもしれんが、一緒にいる者は息苦しくてたまらん」

「そんなにいやなら引きあげろ。俺ひとりで任務を続ける」

「ふん。それができるくらいなら、おまえとのコンビをことわったさ」

後藤が顎《あご》をしゃくるようにして視線を逸《そ》らした。

その直後、玲人の携帯電話が鳴った。

「はい」

《すぐに来い》

山西の声は硬《かた》かった。

「どうされました」

《女が……とにかく、すぐ……》

「三〇一号室ですね」

言いながら、後藤に目で合図し、そとに飛びだした。

たちまち雨で服が重くなる。

「マンション玄関のロックを解除してください」

エントランスを駆け、一階に停まるエレベータに乗った。

「なにがあった」

後藤が早口で訊《き》いた。

「わからん」

玲人は防犯カメラを睨《にら》むように見た。

三〇一号室のドアのわずかな隙間《すきま》から山西の顔が見えた。

山西が後藤の腕を引っ張る。

「女が……泡を吹いている」

山西の顔に色はなく、パンツ一枚の身体はふるえていた。

「どこです」

「ベッド……」

山西がその場にへたった。

後藤が彼の脇をすり抜け、部屋に突進する。

玲人は、山西をリビングのソファに座らせてから寝室に入った。

女がベッドの上で胎児《たいじ》のように身体をまるめ、右手を心臓にあてている。

全裸で、顔ばかりか、身体のすべてが青白く見える。

「どうした。胸が痛いのか」

後藤の声に、女の右手が反応した。

指先が部屋の隅のドレッサーをさした。

「あそこに薬があるのか」

後藤が訊くより早く、玲人はドレッサーの抽斗《ひきだし》を開けた。

茶色の小瓶を手にとり、滑《すべ》るようにしてベッドに寄った。

「これか」

女がまばたいた。

サイドテーブルにミネラルウォーターのペットボトルがある。

玲人は一錠を女の口に入れ、口移しに水を飲ませた。

隣室が騒がしくなった。

後藤がリビングへむかう。

その背に声をかけた。

「救急車の手配を頼む」

そう言いながら、床におちていた布団《ふとん》を女の身体にかけた。

山西の私設秘書の橋本直孝《はしもとなおたか》が後藤を押し返すようにして入ってきた。

「もうすこし待て。先生が部屋を出られてからだ」

「あんた、なにを言ってる」

玲人は声を荒らげ、橋本に詰め寄った。

「心臓発作《ほっさ》をおこしてるんだ」

「きさま、誰にものを言ってる」

橋本が眦《まなじり》をあげた。

「人の命にかかわる緊急事態なのだ」

「心配ない」

「はあ」

玲人は顎を突きだした。

「二度目だ。前回もおなじようにして助かった。彼女には狭心症の持病がある」

「それならどうして……」

自分らを呼ぶ前に薬をのまさなかった。

そう言いかけて、やめた。口論している場合ではない。

携帯電話を手にした。

「やめろ」

橋本が叫び、玲人の携帯電話を奪おうとした。

とっさに手がでた。足もでて、橋本が床に尻もちをついた。

「やめさせろ」

橋本が後藤に命令する。

かまわず、玲人は一一九番にかけた。

《はい、消防署です。火事ですか、救急ですか……》

「支度《したく》ができました。これから出ます」

電話の声に、隣室からの男の声がかさなった。

「よし。いつものホテルにお連れしろ。予約は入れてある」

「かしこまりました」

続いて、山西の声が届いた。

「橋本、万端まかせる」

先ほどとは打って変わって、張りのある声だった。

玲人は、後藤に目で合図した。

だが、後藤はためらいのそぶりを見せながらも動かなかった。

《もしもし、どうされました》

おなじ言葉が何度も鼓膜《こまく》に響いている。

「女性が心臓発作をおこしました。住所は渋谷《しぶや》区代々木《よよぎ》三丁目……」

部屋番号まで言ったあと、使用の電話番号を訊かれた。

玲人は、部屋の電話番号を告《つ》げた。

緊急事態に備えて電話番号を確認しておくのも任務のうちだ。

電話を切るや、橋本が声を発した。

「全員、退室しろ」

「ばかな」

玲人は言い返し、ベッドのそばにかがんだ。

幾分《いくぶん》か血の気は戻ったように見えるが、顔も肩も小刻《こきざ》みにふるえている。

「この人を見捨てる気か」

「救急車が来る。その前に、彼女の勤《つと》め先の者もやってくるだろう」

「そこまで段取りをつけたのか」

「あたりまえだ」

橋本が平然と言い放った。

玲人は、自分への電話が後回しになっていたのを悟《さと》った。

「自分は残ります」

「ふざけるな」

橋本がこめかみに青筋を立てた。

「SPのおまえらがいたら、マスコミが騒ぎ立てる」

「しかし、人ひとりの命が……」

「うるさい。警備部長は了承済みだ」

「……」

玲人はあきれて声がでなかった。

「行こう」

後藤に腕をとられた。
玲人は抵抗する気力をなくしていた。
一階に降りたところで、三人の男とすれ違った。
彼らも橋本も言葉を交《か》わさなかった。
防犯カメラと他人の耳を気にしたのだろう。
玲人は三人の男を追いかけようとしたが、後藤に腕を絡《から》められた。

首都高速四号新宿《しんじゅく》線を三両の車が疾駆《しっく》する。
運転を替わった後藤がパトランプを灯《とも》し、先頭を走っている。
「班長、聞いてるのですか」
声に苛立ちがまじった。
マンションを逃げるように去ってから携帯電話をかけっ放しだ。
《うるさい》
上司の愛田が怒鳴《どな》った。
愛田はほかの電話にも応対しているようだ。
《冷静になれ》

「彼女は……」

《たったいま救急車に乗せられた。容態《ようだい》の程度はわからんが、意識はあるそうだ》

「わかりました。われわれへの指示をお願いします」

《引き続き、大臣の警護をしろ》

「秘書の命令に従えと言われるのですか」

《違う。任務の続行だ》

電話が切れた。

玲人は憮然《ぶぜん》として携帯電話を睨んだ。

これから先の展開を想像するだけで反吐《へど》がでそうになる。

となりで、後藤が何食わぬ顔で運転している。

永田町《ながたちょう》のザ・キャピトルホテル東急の駐車場から客室へむかった。

前を行く山西は我が家に帰ったかのような足どりで通路を歩いている。

「ご苦労」

ドアの前で待ち構えていた男に声をかけ、なかに入った。

玲人と後藤はドアの脇で立ち止まった。

通常の警護でホテルの客室に入ることはない。

「君らもなかへ」

橋本が鷹揚《おうよう》をにじませて言った。

思惑《おもわく》どおりに事が運んでいるのか、顔には余裕が窺《うかが》える。

玲人は橋本を見据《みす》えた。

「申し訳ありませんが、あなたの指示では動けません」

感情が鎮《しず》まってきたせいか、職務中の言葉遣いに戻った。

「わたしではなく、君らの上司の命令だ。なかに警備部長がいる」

「………」

玲人は目も口もまるくした。

上司といえば普通は班長の愛田を連想する。それなのに、愛田の上の係長、さらに上の警護課長を飛ばし、警備部長の登場なのだから泡を食うほどのおどろきである。

後藤があわてふためくように身体を動かした。

手前のレストルームのソファに警備部長の中川信一《なかがわしんいち》がいた。

そこに山西の姿はなかった。

「よろしく」

橋本が中川に声をかけ、隣室に消えた。

「座れ」

中川に命じられ、後藤が彼の正面に座した。

玲人も後藤のとなりに浅く腰をおろした。

ドアロに秘書とおぼしき三十年配の男が立った。

中川の携帯電話が鳴った。

「中川だ……そうか……わかった。状況は逐一《ちくいち》報告しなさい」

玲人は、中川が電話を切るや、前かがみになった。

「病院からですか」

「そうだ。手術が始まった」

「手術……容態が悪化したのですか」

「医師は予断を許さぬと言ったらしい」

「病院には誰が……」

「うるさい」

中川が乱暴に言った。

警察庁から出向中の中川は小柄で顔がちいさく、いつもは柔和《にゅうわ》そうで余裕の雰囲気を漂《ただよ》わせているのだが、今夜は険しい表情を見せている。

「質問より先に報告だ。現場の状況を話しなさい」

「わかりました」

玲人は素直に応じたあと、となりを見た。

後藤はうつむいている。面倒事は玲人に押しつけるつもりなのか。

視線を戻した。

「山西大臣は午後五時十五分に国会から経産省にむかわれ、同六時五十八分に赤坂の料亭で経団連関係者と会食されました。そのあと、代々木三丁目にある岸本《きしもと》マミさんの部屋を訪ねました。マンション到着は午後九時四十一分。大臣から待機するよう要請《ようせい》があり、正面玄関近くに路上駐車し、任務を継続しました」

「以前にも彼女のマンションまで同行したことはあるのか」

「はい。自分は二度……四月二十六日と五月十七日、いずれも金曜日の夜です」

「自分は初めてです」

後藤が間髪《かんはつ》容れず言い添えた。

中川が頷《うなず》き、報告を続けるよう玲人に目で促《うなが》した。

「大臣から自分の携帯電話に連絡が入ったのは午後十一時五十四分のことです。すぐに来いとの命令でした……」

玲人は声を切った。隣室から橋本があらわれたからだ。

「かまわん。続けなさい」

中川が視線を逸らさず、早口で言った。

橋本が無言で中川のとなりに座る。

玲人は、山西に従いマンションをでるまでの経緯を詳細に話した。途中で橋本が眼光をとがらせたが、それを無視し、記憶にあるままを報告した。

話しおえると、中川が横をむき、橋本に訊《たず》ねた。

「前回の発作はいつのことです」

「三月の半《なか》ばだったかな」

橋本がさらりと応えた。

「それがあって、彼女の部屋に行くときはSPを帯同させるようになったのですか」

「ん」

橋本が眉根を寄せ、気色ばんだ。

玲人は息をのんだ。

中川のもの言いにはあきらかに嫌みがふくまれていた。非難めいたというより、嘲《あざけ》るというほうが的確なほどである。

「その事実を警護課に伝えていれば、これほど混乱することはなかったでしょう」

「そうする義務はない」

橋本がはねつけるように言った。

「どんな状況に陥《おちい》ろうと、冷静に迅速《じんそく》に対応するのがSPの務《つと》めではないか」

「おっしゃるとおりです。が、責任の範疇というものがあります」

「早くも責任のがれするつもりか」

「責任とはなにを指してのお言葉ですか」

「とぼけるな。岸本マミの容態に決まっているではないか」

橋本のこめかみに青筋が走った。

中川の顔からは険しさが消え、会話をたのしんでいるかのような余裕が窺える。

「大原警部補の報告に異はありますか」

「ない。このわたしに足払いを食わせたことはぬけていたが」

中川の目元が弛んだ。

「報告どおりであれば、責任云々《うんぬん》を議論するまでもないでしょう。それよりも、万が一の事態も視野に、善後策を話し合ったほうが賢明かと思います。警視庁としては事実をそのままで公表しても差し支《つか》え……」

「待て」

橋本が唾《つば》を飛ばしてさえぎった。

四十三歳の中川が六十歳の橋本を完全に食っている。

「誰なのです」

矢野淳也《やのじゅんや》が目を三角にし、凄むように言った。

玲人は応えずに、睨み返した。

初対面の挨拶《あいさつ》をするときから矢野は挑《いど》むような目つきだった。

東京駅八重洲《やえす》口前のホテルの喫茶《きっさ》室にきて五分が過ぎた。

そのあいだ、玲人はほとんど口をきかず、話を聞いていた。

テーブルの端にある名刺には、リアル政経　主幹とある。

季刊誌〈リアル政経〉は書店で販売されていない企業向けの情報誌で、かつては総会屋やブラックジャーナリストと称される連中が刊行していたが、商法改正で総会屋への締めつけが厳しくなって以降、その数は激減している。

矢野は四十九歳で、三年前まで桂木《かつらぎ》公明《こうめい》という総会屋が主宰する東京政経塾に所属し、

〈リアル政経〉の前身の〈東京リアル〉の編集長を務めていた。

公安部の協力を得て、彼の個人情報を目にしたのは二日前のことだ。電話で唐突に面談を求められ、上司の愛田警部補に相談した。

──落ち目の情報誌とはいえ、無視するのも、むげにはねつけるのも、後々の面倒のタネになるかもしれん。とりあえず会って、相手がどんな情報を摑《つか》んでいるのか、どういう出方をするのか、さぐりなさい──

愛田にそう言われ、矢野の要求に応じたのだった。

矢野のとなりで六十年配の小柄な女が背をまるめている。

「あなたの所属する部署の任務が政府要人の身辺警護なのはわかっています。三週間前のあの日、岸本マミさんの部屋を訪ねた政治家は誰なのですか」

「質問の意図がわかりません。そもそも、どうして警視庁に電話をかけ、自分を名指ししたのか……その理由を教えていただきたい」

「ほう」

矢野が意外というふうに口をまるくした。

「そこまでとぼけられる……まあ、いいでしょう。こうしてマミさんのおかあさんが同席しておられるのだから、順を追って話しますよ。わたしがあなたに興味を持ったのはマミさんのマンションの防犯カメラにあなたが映っていたからです」

「……」

玲人は思わずくちびるをゆがめた。

もうすこしで、そんなばかな、と声になるところだった。

あの夜の防犯カメラの映像は、マミの死亡が確認された直後に消去された。山西からの要請で、彼がマミの部屋を訪ねた痕跡《こんせき》を消したのである。

ただし、指紋等の消去については、マミの親族が彼女の部屋に集まったため、葬儀の最中を狙って玲人と公安部の二名が極秘に行なった。

防犯カメラに映っているとすれば二度目の訪問のときしか考えられない。

しかし、とも思う。

自分は気がまわらなかったが、証拠隠滅の作業には慣れている公安部の者なら二度目の訪問の痕跡も消去したはずである。

そうしなかったとして、矢野はどんな手段で防犯カメラの映像を入手したのか。

幾つもの疑念が湧きあがったが、思慮《しりょ》する前に矢野の声が届いた。

「もうひとつ、マミさんは親しい友人に、所属するプロダクションから独立し、年内にも会社を設立する計画があると話していたそうです。友人が、そんな簡単に会社ができるのと訊ねると、資金面も会社設立のノウハウも国会議員の先生が支援してくれると……その話を聞いて、マミさんの身辺を調べる気になったのです。もっとも、マミさんのおかあさんと旧知の仲でなければ、そこまでの興味を覚えなかったと思いますが」

矢野がとなりに視線をむけると、マミの母親の加世《かよ》がおもむろに口をひらいた。

「実は亡くなったわたしの主人が矢野さんと幼なじみでして……矢野さんが通夜に見えられたさい、持病には細心の注意を払っていた娘があっけなく死ぬなんて信じられず、それに……あの夜の九時ごろでしたか、わたしが電話すると、もうすぐ来客があるから……そんなあれこれを矢野さんに愚痴《ぐち》っぽくお話ししたのです」

「事情は理解しましたが、それにしても、マミさんの死を自分と結びつけるのはあまりに乱暴で、事実、自分はマミさんとは一面識もありません」

玲人は冷静を装《よそお》い丁寧《ていねい》な口調で話した。

「しかし……」

矢野が口をはさんだ。

「あなたがほかの二人とマミさんの部屋に入ったのは事実です。ほんとうはあの日の映像を見るために、ある方面に手をまわしたのですが、不思議なことにあの日の映像だけが消えていました。なんとも不可解なことで……ついでと言ってはは申し訳ないが、あの日の前後数日の映像を見て、マミさんの部屋に入る三人連れを見つけたのです。お疑いならダビングした映像をお見せしましょうか」

やはり二度目の訪問時の映像が残っていたのだ。

鼓動が速くなり、身体が固まりかけた。

矢野が言葉をたした。

「どうやって映像を入手したのかなど、野暮《やぼ》な質問はしないでくださいよ。わたしも仕事柄、警察組織には多少の人脈がありましてね。防犯カメラに映っているのは警察関係者とあたりをつけて照合してもらい、あなたの身元が判明したわけです。残念ながらほかの二人は素性《すじょう》が知れませんでした」

「………」

玲人は口を硬く結んだ。

たとえこの場で映像を見せられたとしても認めるわけにはいかない。

「あなたが事実無根と言われるのなら、これまでの調査結果と防犯カメラの映像を新聞社なり、名の売れた週刊誌に持ち込むことになるでしょう」

「自分を……警察官を威《おど》しているのですか」

「滅相《めっそう》もない」

矢野が顔の前で手のひらをふった。

憎らしいほど余裕の笑みが神経を逆《さか》なでした。

「わたしはね、人として、あなたの心に訊ねているのです」

「残念ながら、頭も心もおなじです。職務上の義務があるので、あなたの質問には一切お応えできないだけのことです」

玲人は臍《へそ》の下に力をこめて言った。

なにかひとつでも質問に応えれば、そこからほころびが生じる恐れがある。それに、後ろめたい気分を引き摺《ず》っているので隙を見せないともかぎらない。

「お願いです。娘は……」

加世が顔をゆがめ、左胸に手をあてた。

「大丈夫ですか」

矢野が加世の肩を抱いた。

加世がちいさく頷く。

十秒と経《た》たないうちに加世が姿勢を戻した。

矢野が玲人にむかって話しかけた。

「ご存知とは思いますが、母娘とも狭心症の持病があり、娘のマミさんのほうは症状が重く、医師からは激しい運動などは控《ひか》えるように言われていたそうです」

玲人は眉をひそめた。

激しい運動と口にしたとき、矢野の目が笑ったからだ。

それに同僚の後藤の薄笑いがかさなった。

――よほどいい身体をしてるんだな――

あのときは向かっ腹が立ったが、いまは後じさりしたい気分である。

「マミさんはね、あぶない持病がありながらも懸命に仕事をこなされていた。テレビ局の友人に聞いたのですが、メイクアップアーチストとして売れっ子だったそうです。そんな彼女の夢は会社をつくることだった。浮き沈みの激しい職業だから仕事仲間やスタイリストらの仕事と賃金を確保するために……立派な夢じゃないですか」

問いかけるように言い、すこし間を空けて話を続けた。

「まさしく、命がけの夢……マミさんは身体を張って……」

「やめないか」

玲人は語気を荒らげた。

「おかあさんの前で不謹慎だ」

矢野が肩をすぼめた。

非礼を恥じる顔には見えなかった。
この男はカネのために動いている。
そう感じると、幾分か気持は楽になった。
しかし、後ろめたさが薄れたわけではなかった。

2

「もう八年が過ぎたのか」

中川がソファにもたれ、まばたきしてから言葉をたした。

「もっと昔のようにも感じる」

「そのあいだ、ご多忙だったからでしょう」

玲人はさしさわりなく言った。

メイクアップアーチストの岸本マミを襲った不幸な出来事は急性心筋梗塞《こうそく》という事実のみで過去に埋もれてしまった。マスコミがとりあげることもなく風化し、情報誌〈リアル政経〉の矢野淳也はあれっきり玲人に連絡してこなかったし、玲人と面談して以降、玲人はもとより、山西貞次郎の周辺や警察関係者に接触しなかったと聞いている。

マミの急死から二か月が経ったころ、中川は警察庁に復帰して警備局参事官に就《つ》いた。時期はずれの、それも警視正から警視長へ昇格しての、異例の異動であった。

時をおかずして警護第四係の愛田班長も他部署へ栄転した。

それらを訝《いぶか》しく思い、裏側の風景を推察しても、そのことに触発されて何らかの行動をおこすどころか、上司や同僚に疑念をぶつけることすらしなかった。

胸裡《きょうり》にはただ後悔《こうかい》の念が梅雨の黒雲のようにあった。

その後悔が人とのかかわりへの恐怖を生み、辞職につながったのだった。

出世をかさねた中川は一身上の理由で退職したあと、半年後の、去年暮れの衆議院議員選挙に民和党の公認を得て、東京ブロックの比例代表で当選した。

中川とは八年ぶりの再会で、しかも場所は前回とおなじホテルである。ただし客室ではなく喫茶室にいる。

――あした、会えないか――

きのう、中川本人が電話をよこし、そう言った。

記憶の底に沈んでいた人物からの電話にとまどいながらも応諾した。ことわる理由もなく、中川を避けたいという気持もめばえなかった。

しかし、ホテルへむかう途中で疑念が頭をもたげた。

中川がザ・キャピトルホテル東急を指定したことに意味があるのか。

その疑念はもっと素朴《そぼく》なそれに行き着いた。

八年間も音沙汰《おとさた》がなく、顔を合わせたこともないのにどうして連絡をよこしたのか。

その疑念は警戒心を誘った。

「たしかに慌《あわただ》しかった」

中川がうっすらと笑みをうかべ、コーヒーを飲んだ。

「君はどうだ」

「のんびりとはいきませんが、普通に生きています」

「普通か……」

中川が独《ひと》り言のように言い、すこし間を空けて言葉をたした。

「警察官に未練はないのか」

「おわったことです」

「そうかな」

中川の目が光った。

それが神経にふれたが、玲人は表情を変えずに見つめ返した。

「退官した君が内閣官房の仕事をしているのはなぜだ」

「生活のためです」

玲人は本音を隠した。

「稲村《いなむら》先生の強い要望があったと聞いたが」

「……」

玲人は口をつぐんだ。

自分への要望ですか、当時の内閣官房へのそれですか。

あやうく訊きかけた。

民和党の重鎮、稲村将志《まさし》はいま幹事長代理の要職にある。

かつて玲人は稲村の近接保護、いわゆる身辺警護を務め、その稲村には依願退職を申し出たさいに翻意《ほんい》を促されるほどかわいがられていた。

退官して一年が過ぎたある日、稲村から食事に誘われた。彼が内閣改造で官房長官に就いて間もないころだった。

――君に協力してもらいたい……わたしの任期中でかまわない――

そう乞《こ》われ、要請を受けた。

内閣官房付き調査官は稲村が玲人を雇《やと》うため便宜《べんぎ》上に設《もう》けた役職だが、稲村が官邸を去ったあともおなじ肩書で職務を継続している。

そうした経緯を、自分と稲村との縁を、中川がどれほど知っているのか。

知っているとしても、自分から話すつもりはない。

「隠すな」

中川の声は力があった。

「わたしは稲村先生の下で修業の身だ。当選一期の、それも議員になった直後に党選挙対策本部へ配属されたのは先生のお声がかりによるものだ」

「そうでしたか」

玲人は慎重を崩さなかった。

誰にどう言われようと、なにを聞かされようと、たとえ威されようと、稲村に関する発言はしないのが筋目で、稲村への信義だと肝《きも》に銘じている。

「稲村先生と君の関係は古巣を介して聞き及《およ》んでいる。君は官邸の前田《まえだ》審議官にもかわいがられているそうだな」

「仕事の縁だと思います」

内閣官房審議官の前田和也《かずや》は玲人が調査官になって三人目の審議官で、警察庁から出向してきて丸三年を過ぎた。前田本人は、去年暮れの政権交代で職を解かれ、古巣に戻ると予測していたのだが、官邸の意向で据え置かれたと聞いている。

おなじ警察庁出身の中川と前田に接点があるのか知らないけれど、中川が官邸内の事情に詳しいのは推察するまでもない。官邸には常に警察庁の出向組がいて、内閣情報調査室のトップの座は創設時から警察官僚が堅守している。

玲人の職務は内閣情報調査室のそれに似て、内閣官房が入手する膨大《ぼうだい》な情報のなかから国家や内閣に影響を及ぼしそうな事案を極秘に調査することである。

「本業との両立は大変だろう」

「そうでもありません。官房の仕事は年に二、三本で、いずれも短期間の任務です。それに、探偵稼業も依頼はぼちぼちですから」

「で、普通か」

「はい。過不足なく。ところで、自分にどういうご用なのですか」

ここまで玲人は感情を抑えたもの言いに終始していた。

ちかごろではめずらしく神経が騒いでいる。

それをなだめるのも限界に近づいてきた。

玲人の胸中を察したのか、中川が肩をすぼめた。

それでも、依然として表情には余裕が感じられる。

「君の本業のほうで頼みがある」

「お伺いしましょう」

玲人は即座に返した。

「山西さんは覚えているね」

「ええ」

静かに応えたものの、中川のもの言いにはいささかおどろいた。

山西は三年前の参議院議員選挙で落選して浪人の身とはいえ、主要閣僚まで経験した民和党の実力者で、現職時代は参議院の仕切り役として存在感を誇示していた。

――このわたしが落選するとは……世も末だな――

国会を去る日、新聞記者の質問にそう応え、虚勢を張ったのをテレビで見た。

その山西を、先生ではなく、さんづけにした。稲村への配慮とは大違いである。

「山西さんの警護を依頼したい」

「どういうことですか」

「言葉どおりだ。山西さんは民和党の重鎮だが、現職ではないのでSPをつけることはできない。民間の警備会社に依頼するのはいろいろ問題がある」

「問題の中身はお訊ねしませんが、どうして警護の必要があるのですか」

中川が眉根を寄せた。

きょう初めて見せる硬い表情だった。

「話す前に返事を聞きたい」

「失礼ながら……」

あとの言葉は中川の手のひらにさえぎられた。

ウエイトレスがコーヒーポットを手に近づいてきた。

しばしの間が空いたけれど、玲人は無言で中川の言葉を待った。

「山西さんは七月の参院選に比例代表で出馬される。もちろん、当選確実の上位だ」

中川の顔に自信が覗《のぞ》いた。

中川が選対本部に配属された理由はおおよそ見当がつく。

政党は出馬予定者を公認するにあたって身辺調査を行なう。俗にいう身体検査だが、そのさい警察の公安部署が持つ個人情報が重要な決め手になる。中川は公安部をかかえる警備局の出身だから選挙対策本部に配属されたのだろう。

「しかし……」

中川が声を切り、コーヒーを飲んだ。

表情が険しさを増している。

「ここにきて面倒がおきた」

「山西さんにということですか」

脳裡《のうり》に八年前の出来事がうかんだ。

「党本部に脅迫文が届いた」

「えっ」

思わず声が洩《も》れた。

「山西貞次郎の出馬を止めさせろと……三日前のことで、山西さんに心あたりの有無を訊ねたところ、自分の事務所にも届いていると……あっけらかんと言われた」

「警察に知らせたのですか」

「それはできない。山西さんの比例上位は党の決定事項で、参院選公示日は三週間後に迫っている。事件性の有無がわからぬ現状で、しかも、ご本人があっけらかんとしているのに、面倒事にするのは避けるべき……というのが選対本部の結論だ」

「しかし、あなたは憂慮《ゆうりょ》されている」

「憂慮というほどではないが、事がおきてからではとり返しのつかないことになる。心配の芽は早く摘《つ》んでおくのがわたしの信条だ」

玲人はすこし身を乗りだした。

「どうして自分に……八年前のことが気になるのですか」

「否定はしない。どうだ、受けてくれるか」

「依頼の内容は身辺警護ですか」

「そうなる」

「それだけで心配の芽を摘めるとは思えませんが」

「わかっている」

中川が吐き捨てるように言った。

「君が依頼を受けてくれるのを前提で話すが、……脅迫に関しては、わたしの一存で極秘の調査を要請した」

「あなたの古巣ですか。それとも、内調ですか」

「内調はあてにならん。古巣にもいろんな部署がある」

玲人は頷いた。

内閣情報調査室は国内外の情報収集を主任務としているけれど、実働部隊はほとんどおらず、情報提供契約を交わしているマスコミや調査組織から届く情報を精査・分析するのが関の山だから、緊急を要する、もしくは詳細な情報が必要なときは警察の公安部署の協力を仰《あお》ぐことになる。

その公安部署も手持ちの情報をすべて提供するわけではなく、場面や事案によっては警察組織に有利になるよう駆け引きすることもある。

中川が曖昧《あいまい》な言い方をしたのはそういうことを熟知しているからだ。

玲人は話を前に進めた。

「あなたへの報告はどこまで……身辺警護に関する報告のみですか、それとも、警護中に知った情報の提供もふくまれるのですか」

「すべてだ。確認作業が必要な場合はわたしが手を打つ」

「わかりました」

玲人は背筋を伸ばした。

「調査期間と報酬《ほうしゅう》額を教えてください」

中川が口をまるめ、短く息をついた。

山西の名を口にしたあたりから中川の表情が険しくなった。元部下とはいえ、ひさしぶりの対面のうえ、依頼の内容が因縁《いんねん》ぶくみなので気を揉《も》んでいたのだろう。

「参院選公示日は七月四日……状況次第で変更《へんこう》はあるが、その前日までと思ってくれ」

「山西さんにはこのことを話されたのですか」

「このあと連絡する。拒否されることはないだろうが、なにしろ選挙を間近に控えているので、警護の仕方にいろいろと注文がつくかもしれない」

「その件は、電話でもファックスでもお報《しら》せください」

「わかった。きょうは金曜なので、山西さんとの話し合いにもよるが、来週月曜、六月十七日から動けるよう準備をしておくように」

「承知しました」

「ひとりか」

「君の仕事の作法には口をはさまないが、助手を雇う場合は事前にその者の身元をあかすように……これは党の、きわめて重要な機密事案なのだ」

「えっ」

「山西さんの警護に関しては自分ひとりでやるつもりです」

「そのほかは誰かに手伝わせるということか」

「逆にお訊ねします。情報収集の面で便宜を図《はか》っていただけるのですか」

「むりだな。が、極秘捜査の進捗《しんちょく》状況はわたしの判断で教えられる部分もあると思う」

「それでは、手持ちの情報屋を使うことを許可してください」

「古巣の者か」

「返答はご容赦《ようしゃ》を……依頼主といえども情報元をあかすわけにはいきません」

「いいだろう。ただし、面倒がおきた場合は……」

「ご心配なく」

玲人は語気を強めて中川の懸念を封じた。

「自分を使うことは、稲村さんも、官邸の前田審議官も知らないのですか」

「前田は知らない。稲村先生は……迷っている。君との縁を先生から聞いたわけではないので、話していいものかどうか……」

中川がさぐるような目つきを見せた。

自分が話しましょうか。

そう言いそうになったが、唾と一緒にのみくだした。

今回の依頼に絡んで稲村から連絡がありそうな予感がある。


庭の土が白っぽく見える。

ひと雨ほしいのか。

そう感じ、空を見あげた。

鉛色《なまり》の雲がひろがっているが、雨の気配はない。

玲人は、そのまましばらく、動いているのかいないのかわからない雲を見ていた。

仕事のない日の昼間は庭の縁側で時間を流すのがここ数年の常になった。

なにもせずにいることがとびっきりの贅沢《ぜいたく》のように思うこともあるが、そうしたいという願望はめばえない。退屈《たいくつ》に身をまかせるほどできた人間ではないし、実際、私立探偵の看板を掲《かか》げてからの一年あまり、退屈が苦痛を伴うことを知った。

カネと時間に余裕があろうと人はなにかをしていたいのだろう。

そんなことを思いながらも、無為に時間を流すことが多くなった。任務をおえても神経が弛まず、夢で危険な場面に遭遇し飛び起きていたころとは正反対である。

あぶない夢も、たのしい夢も見なくなった。

慣れとは恐ろしいもので、きのう中川の依頼を受け、深夜まで山西貞次郎の個人情報を頭に詰め込んでいたのに、ベッドに横たわるとすぐ眠り、汗をかくような夢を見ることもなく、いつもどおり、七時間後に目覚《めざ》めたのだった。

それが己の普通なのだと信じ込んでいる自分がいる。

目の端で黄色いものが動いた。

視線を移した先、久留米《くるめ》ツツジの上を蝶が飛んでいる。

なんとも頼りない、あぶなっかしい飛び方に、つい手を伸ばしたくなった。

頼りないのは久留米ツツジもおなじである。

近くに住む、世話好きの西村和子《にしむらかずこ》が、殺風景な庭だからと、どこで購入したのか、三本のツツジを買ってきて、桜の木の手前に植えた。

花が咲くのか咲かないのか、来年にならなければわからない。ツツジを運んできたのは二週間ほど前の五月下旬で、花咲く時期は過ぎていた。

「おーい」

隣家との塀越しに声が届き、玲人は思わず天を見あげた。

雲がゆれてバケツを逆さにしたような雨がおちてきそうなほどの破声《われごえ》だった。

「玲人さん、いるか」

「いますよ」

応えてほどなく、門から藤本栄蔵《ふじもとえいぞう》が入ってきた。

七十一歳の栄蔵は一代で築いた工務店を息子に託《たく》し、いまは隠居の身だ。

一歩近づくたびに栄蔵の顔がほころびを増した。

「いいね」

「はあ」

「様になってきた。生きてる地蔵様よ」

「なんてことを……ひまを持て余してる男をからかわないでください」

「ひまでいいんだ。せわしない男にゃ色気がねえ」

「わけがわかりません」

玲人は真顔で言った。

よろこんでいいのか、怒ることなのか、とんと判別つかない。わかっているのは、庭でぼうっとしている玲人を見つけたときの栄蔵の笑顔は底が抜けるということだ。

「あんたはなにも考えなくていい。そこに、じっといる。それだけで俺はホッとする。けどよ、近ごろの女は男を見る目がねえな」

栄蔵が怒ったように言い、すぐ表情を弛めた。

「いや、俺に女を見る目がねえんだな。あんたに不愉快な思いをさせちまった」

「まだ覚えているのですか」

今度は笑顔で言った。

去年の秋のことだ。栄蔵から見合い話を持ちかけられた。

ことわりきれず、堅苦しい見合いでなければとの条件で、食事をすることにした。

相手は居酒屋チェーンの社長の娘で、顔立ちも身なりも十人前の女だった。

食事中も、そのあとのホテルのラウンジでも、女は日本の政治や経済の話をし、玲人は栄蔵の家族のことや自分の失敗談を披瀝《ひれき》した。

つぎの日、社長からお詫《わ》びの電話が入ったという。

破談の理由は聞かされなかったし、自分から訊ねることもなかった。

栄蔵の顔を潰すはめにならなかっただろうか。

胸によぎったのはそれだけである。

「つぎは……いや、やめておく。つまらねえ女の相手をさせるより、俺の相手をしてもらうほうがずっといいからね」

「……」

玲人は何と応えていいのかわからずに首をかしげた。

こまると首が傾く。退官したあとのことだと思うが、それが癖《くせ》になった。

「そうだ」

栄蔵が声を張り、両手を打った。

「肝心な用を忘れてた」

「なんです」

「蕎麦《そば》だ。蕎麦を食おう」

もう昼なのか。

そう思った。

縁側に座っているときは時間の感覚を忘れる。

それに曇天《どんてん》で、太陽がどこにいるのかわからない。

「でかけるのですか」

「家だよ。女房が打つ蕎麦はそんじょそこらの蕎麦屋よりよっぽどうめえ」

栄蔵は機嫌《きげん》がよくなるほどに江戸弁がきつくなる。

「それに、コチとアナゴの天ぷらつきだぜ」

「ごちそうになります」

声が弾《はず》んだ。

旬《しゅん》の魚は天ぷらで食べるのが玲人の好みである。コチは夏の季語だが、食して美味なのは六月中旬までなので、最後の好運が転がり込んできたようなものだ。

小一時間後、玲人は後ろ髪を引かれる思いで家に戻った。

昼食を馳走《ちそう》になったあとは将棋を指すのが栄蔵との決め事のようなものだが、午後三時に人が訪ねてくることになっている。

コチと聞いた瞬間にそれを失念し、のこのこ栄蔵の家について行ったのだった。

蕎麦も天ぷらも旨《うま》かったが、後味が悪い。これから用事があると言った瞬間にがっくりうなだれた栄蔵を見て、だましたような気分になった。

そのせいか、声をかけられるまで縁側に人が座っていることに気づかなかった。

予定の客人ではなかった。

世話好きの和子の脇にはおおきな紙袋がある。

玲人は、携帯電話で時刻を確認した。客人が来るのはすこし先だ。

ちいさな庭を歩き、縁側の前に立った。

和子はオレンジ色のTシャツに紺《こん》のジーパン、赤い鼻緒の下駄《げた》をつっかけている。

「買い出しの帰りなの」

「こんなに買うつもりはなかったんだけどね」

和子が紙袋に手をあて、屈託《くったく》なく笑った。

玲人より五つ上の四十八歳だが、化粧気《けしょうけ》のない笑顔は玲人よりも歳下に見える。逆に、機嫌が悪いときや落ち込んでいるときは五十代になる。人懐《ひとなつ》こい笑顔と激しい気性を持つ和子は感情が顔にでるばかりか、彼女の生きてきたあれこれが露出する。

「ほら」

和子が紙袋からビニール袋をとりだした。

「夏は縮《ちぢみ》よ」

中身は紺色のパジャマだった。

夏も冬も、季節に関係なく玲人はユニクロのルームウェアがパジャマである。これが楽でいいよ、と和子に勧《すす》められたのは出会って間もない七年前のことだった。

そんなことはすっかり忘れたような言種《いいぐさ》である。

「ありがとう」

玲人はパジャマを手に、礼を言った。

「食料品はあした運んであげる」

しばらく要《い》らない。

そう言いかけて、やめた。機嫌を損《そこ》ねると長っ尻《ちり》になる。それはこまる。できることなら他人に会わせたくない、話をさせたくない客なのだ。

「ところでさ」

和子のほうから話題を変えた。

「相談に乗ってやってほしいんだけど」

「誰の……」

語尾が沈んだ。仕事の話を持ってきたのだと感じたからだ。

私立探偵の稼業が成り立っているのは和子のおかげである。

八年前に看板を掲げて最初の一年間はほとんど仕事の依頼がなかった。新聞や雑誌に広告を打たず、インターネットを活用することもなかったので当然といえば当然で、かつての職場の連中が、家出人の捜索や、近隣住民のトラブルの仲裁など、警察の手をわずらわせるまでもない面倒事の処理を持ち込んでくる程度であった。

和子は蒲田《かまた》駅前でバーを経営しており、知人に連れられて行ったのが縁の始まりで、親しくなると客や友人知人を介し、仕事を世話してくれるようになった。

時をおなじくして、民和党の稲村に声をかけられた。

二足の草鞋《わらじ》を履《は》いたあとは人なみの生活ができている。

「忙しいの」

「きのう依頼を受けたばかりなんだ」

「そう……」

和子が思案顔を見せたけれど、それは一瞬だった。

「でも、約束したから」

「急ぐの」

ことわれないほど恩義がある。

「来週の空いている日でいいから、話だけでも聞いてあげてよ」

「わかった。週明けにでも連絡して」

言いおえる前に、靴音がした。

和子が門のほうに視線をやった。

玲人もふりむいた。

赤の半袖ポロシャツにカーキ色のチノパンツ、薄茶のスニーカーという身なりの若者が門を入ったところで立ち止まった。左肩にリュックを担《かつ》いでいる。

「ああ、あの人……」

和子が独り言のように言った。

玲人はそれを無視し、若者になかへ入るよう指先で合図を送った。


「あの人、誰なのですか」

竹内小太郎《たけうちこたろう》がさぐるようなまなざしで言った。

家の奥の洋間に招き入れたところだ。

生前に母が寝起きしていた部屋を改修し、仕事場にした。

父は五十九歳で、一歳下の母はあとを追うようにして半年後に他界した。玲人が退官する一年前のことで、どちらも病死だった。

「好奇心が旺盛《おうせい》な人ですね」

「ん」

「半年ほど前になりますか、この家をでたところですれ違ったとき、顔に穴が開きそうなほど見つめられて……だから覚えていたのです」

「人のことは言えんだろう」

「どういう意味です」

「おまえも好奇心まるだしの顔をしてる」

「あっ。でも、自分は職務柄……すみません。言訳でした」

小太郎が舌を覗かせた。

三十歳になってもガキっぽい仕種《しぐさ》をする。

警視庁公安部公安総務課の小太郎が家に出入りするようになって三年が経つ。前田審議官の薦《すす》めで、内閣官房の仕事をするさいは小太郎を助手として使うようになった。

中肉中背ながら大食漢、礼儀作法は可もなく不可もなく、いまどきの警察官というふうだが、職務には勤勉で、玲人に不満はない。

そもそも他人のことをとやかく言うのがいやなのだ。

人を観察するのは趣味のようなもので、表情や口ぶりから胸中を推察するのは習癖《しゅうへき》といえるのだが、そうして感じたことを誰かに喋ることはなく、推察によって他人との距離をとるというわけでもない。

玲人は麦茶を飲んでから口をひらいた。

「公務のほうは大丈夫か」

「はい。いまのところ通常任務で、内偵《ないてい》に入る予定もありません」

公安総務課は警視庁公安部の要《かなめ》の部署で、公安事案のすべてにかかわっている。そのほか永田町や霞《かすみ》が関《せき》にも目を光らせ、政治家や官僚の情報収集を行なっている。

昨夜に読んだ山西の個人情報は小太郎がファックスで送ってきたものだ。

「おまえはやる気満々のようだが、今回は情報を提供してくれるだけでいい」

「そんな」

小太郎が不満そうに言った。

「今回は探偵稼業の依頼だ」

玲人は言ったあと、封筒をテーブルに滑らせた。謝礼の五万円が入っている。

「すくないがとっておいてくれ」

「いりません」

「そうはいかん。公私は区別しておきたい」

「お気持はわかりますが、謝礼をいただいて行動すれば職務違反になります。きのうお送りした情報だけでも充分に処罰の対象です」

立て板に水のようなもの言いだった。

こういうやりとりになるのを想定し、威し文句を用意していたのだろう。

玲人は首をすくめた。

ここぞとばかりに小太郎が身を乗りだした。

「国会議員が調査対象者であれば、自分の通常任務として動けます。もしも情報の持ち出しがばれても、捜査の範囲内として対応できます」

「徹夜で考えた台詞《せりふ》か」

「はあ」

「目の下に隈《くま》ができてる」

「ほんとうですか」

小太郎の声がうわずり、瞳がゆれた。

「うそだ。しかし、俺への協力は情報提供に留《とど》めておけ」

「あぶない仕事なのですか」

「俺への依頼は、山西の警護……」

「ええっ」

今度は裏返った。

「しかも、依頼主は民和党の中川信一だ」

玲人はためらいもなく言った。

話しているうちに覚悟を決めた。小太郎が職務違反を自覚しているのだから、事実を隠すのは信義に反する。

小太郎が目を白黒させているうちに言葉を継《つ》ぎ、ザ・キャピトルホテル東急で聞いた中川の依頼の中身を簡潔に教えた。

小太郎の目に力がこもるのがわかった。

「どう思う」

「脅迫文の件ですか」

玲人は頷いた。

「ほんとうでしょう。でも、政党や個人事務所へのいやがらせや脅迫はめずらしくありません。とくに、国政選挙の直前や選挙期間中はそうです」

「それを表ざたにしないのは選挙への悪影響を考慮してのことか」

「そう思います」

「しかし、火のないところに煙は立たないともいう」

「だから……」

小太郎がにっこりした。

「警察にも表立っては捜査を依頼しないのです」

「ということは、裏で手をまわすこともある」

「はい。その場合、動くのは刑事部ではなく、公安部の、それもわれわれの部署です」

「なるほど。手馴れた事案というわけか」

小太郎がこくりと頷いた。

玲人は話を前に進めた。

「で、八年前の捜査資料は存在したのか」

今回の件で、玲人がもっとも知りたかったことである。

あの出来事がなければ自分に依頼しなかったと思う。そもそも、中川が警察組織で出世をかさね、国政に進出できたか甚《はなは》だ疑問である。

「ありました」

小太郎の声が強くなった。

「公安部には厳重管理する機密文書があるのですが、そのうちのひとつに……メイクアップアーチスト・岸本マミのファイルとして保管されていました」

「おまえは機密文書を閲覧《えつらん》できる立場にあるのか」

小太郎が首をふり、おおげさに肩をすぼめた。

「うその申請書を提出しました。参院選を前に、わが部署は民和党から立候補予定者の個人情報の提出と、特定の人物を追加調査するよう求められていたのですが、追加調査の対象者に山西がふくまれているのを見つけ、それを理由に山西に関する資料を閲覧できたのです。ただし、複写による持ち出しはむりでしたが」

「公安部は山西と岸本の関係を調査したのだな」

「はい。あの出来事の一年前、山西が経産省の大臣に就任し、幾度かテレビに出演したのですが、そのさいにメイクを担当したのが岸本でした。どちらから接近したのかわかりませんが、岸本の仕事仲間の証言にかさね合わせれば、岸本に男がいる気配を感じたのは、山西と岸本が出会ったあとのことだったようです」

「それまで岸本に特定の男はいなかったのか」

「そう記述されていました」

「山西の女関係はどうだ」

「それが……」

小太郎が眉をひそめた。

「女癖が悪いうえに、エスっ気があるようで……過去に関係を持った女二人の証言を読んだのですが、かなり乱暴なセックスを強要されたと記《しる》されています」

「その二人の素性は」

「ひとりは彼の事務所の職員で、遠縁にあたる娘でした。もうひとりは銀座のクラブのホステスで、こちらの証言はもっとリアルで……聞きますか」

玲人はぶるぶると首をふった。

「山西と関係を持ったきっかけは書いてあったか」

「職員のほうは事務所の忘年会のあと、酔った山西に押し倒されたと……山西の地元の静岡で彼女の父親が土建業を営んでおり、山西の世話になっているので逆らえなかったと……でも、本人の証言なので……」

小太郎が語尾を沈めた。

玲人は無言で煙草《たばこ》をくわえた。

男と女の話は真実か虚実かを見極めるのがむずかしい。警察官時代の捜査経験からいえば、大抵の場合はどちらも入り乱れて情愛を成しているように思う。

空気清浄機が低く唸《うな》る。

仕事場の壁を防音仕様にしたので窓はなくした。

息苦しさは感じるが、喫煙の量はずいぶん減った。

「銀座のホステスのほうは明快で、思わず笑ってしまいました」

「店の売上のためか」

「はい。もっとも、山西が彼女の店に行くことは滅多になく、山西の紹介で来る客がおカネを使っていたそうで……どちらもカネにはしっかりしていますね。ついでに、ベッドで虐《いじ》められる分は別途に小遣いをもらっていたそうです」

「スキャンダルはどうだ」

「女絡みをふくめ、うわさの類《たぐい》は幾つもありました。しかし、調査報告書にはいずれのうわさもウラがとれず、真偽のほどは不明と……その項目の部分で、私設秘書の橋本直孝の名が頻繁《ひんぱん》に登場していました」

「橋本が極秘裏に処理していたとの推察か」

「そう読みとれました」

「公安部は橋本の身辺も調査したようだな」

「もちろんです。議員を身辺調査する場合、議員にもっとも近い秘書の周辺を念入りに調べるのが鉄則なのです」

「岸本マミのときはどうだ」

小太郎が目元に笑みを走らせ、待っていましたという顔つきになった。

「橋本が後始末をしたようです」

「具体的には」

「橋本は、静岡で行なわれた葬儀に参列し、百万円の香典《こうでん》を渡しています」

「百万……多いのか、すくないのか……」

玲人はつぶやき、紫煙を飛ばしたあと煙草を消した。

「生前は山西が世話になったと……山西は娘さんの仕事ぶりに感心し、安心してまかせていたと言ったそうです。男と女の関係にはふれず、感謝の念をこめての香典の額が百万円……そういう思惑なのでしょうが、その三か月後、静岡の東海《とうかい》土建という会社が岸本の母親に五百万円を手渡していました」

「もしかしてさっきの話にでた……」

「事務所の女の父親が経営する会社です」

「名目はなんだ」

「迷惑料です。岸本加世が住む家のすぐそばで古いビルの解体工事が行なわれ、そのさいに多大な迷惑をかけた……当時、加世は重度の更年期障害を患《わずら》っていたとかで、精神的な苦痛を与えたことへのお詫びと……東海土建の関係者が証言しています」

「解体工事が始まったのはマミの死の前か、あとか」

「二か月後のことです。ビルの解体はかなり以前から検討されていたらしく、その時期に急遽決定し、工事が始まったようです」

玲人は肩をすぼめた。

そんなに都合《つごう》よく、と思っても仕方のないことである。

「依頼された矢野淳也の件ですが……」

「橋本は矢野にも会っていたのだな」

玲人は確信を持って訊いた。

矢野をぬきにしての後始末は考えられなかった。

玲人が矢野と会ったのはマミが死んで三週間後のことだった。彼と別れて桜田門《さくらだもん》に戻ると、班長の愛田に連れられ警備部長の部屋を訪ねた。

その場で矢野とのやりとりのすべてを報告し、中川に幾つか質問された。

それっきりである。

中川の顔を間近で見たのも、愛田とマミの事案で話したのもその日が最後だった。矢野からの連絡も途絶《とだ》えた。矢野の表情と口ぶりからしばらく接触するはめになると覚悟していたのだが、その読みはあたらなかった。

「玲人さんが八重洲のホテルで矢野に会った五日後、当時の愛田警部補が銀座で矢野と会食しています。さらに二日後、橋本が矢野と面談したと書いてあります」

「話し合いの中身は」

「どちらも、ありません」

「どういうことだ」

玲人は語気を強めた。

「橋本が訊問《じんもん》に応えなかったのは理解できるが、愛田は……」

「待ってください」

小太郎が両手を突きだした。

「自分が読んだのは捜査報告書ではなく、調査報告書です。複数の証言が記述されているとはいえ、報告書の大半は事実の列記に留まっていました」

「都合よく……警察がかかわった部分は事実のみというわけか」

「………」

小太郎が口を結び、眉をさげた。

「まあ、いい。その後の矢野の履歴を教えてくれ」

「二〇〇七年四月に、矢野は公安部の監視対象者リストからはずれました。前年の秋に自身が運営する組織を解散し、季刊誌〈リアル政経〉を廃刊にしたこと、それ以降、めだつ活動をしなかったのが理由のようです」

「気に入らんな」

言ったあと、首が傾いた。

公安事案の監視対象者は死ぬまで監視下に置かれると聞いたことがある。

「自分も首をかしげました。監視対象者リストには要注意、要警戒のランクがあり、そこから洩れることはあるのですが、矢野は、死亡した大物総会屋の子飼い……つまり後継者と目されていたので、組織の解散が理由で監視の対象外になるのは解せません」

「背景をさぐってみてくれ」

「はい。報告を続けます。矢野は、おととしの四月にNPO法人〈TPPを考える会〉を設立しています。事務所は西新橋《にししんばし》の雑居ビル……」

「ちょっと待て」

「なんでしょう」

「その情報……監視リストからはずれたあとの情報をどこから集めた」

「公安部はリストからはずしたあとも矢野に関する情報収集を継続しており、不定期ながら矢野のファイルには書き込みが行なわれています」

「最新の情報はいつだ」

「ことしの四月です。矢野はアナリストの肩書で医療関連の業界紙に論文を寄稿し、TPPが日本の医療業界に及ぼす悪影響を書き連ねていました」

「担当しているのは公安部の、どの部署だ」

「自分のところです。庶務係の川瀬《かわせ》警部補が書き込んでいました」

「おまえの部署と近いな」

公表されていないが、国会議員および国政選挙への立候補予定者の身辺調査は公安総務課の庶務係と、小太郎が所属する公安管理係が担当している。

「八年前に作成された調査報告書も川瀬の手によるものなのか」

「そうです」

「調査を指示したのは誰だ」

「わかりません。が、報告書には当時の公安部長と公安総務課長の署名・捺印《なついん》がありました。余談になりますが、公安部長と中川は同期入庁です」

「なるほど」

玲人はソファに身を預けた。

根を詰めていたわけではないが、肩が重くなってきた。

単なる警護では済みそうにないぞ。

頭の片隅で声がした。

決着をつける絶好の機会だ。

けしかける別の自分もいる。

玲人はどちらもわずらわしかった。

過去の出来事に執着も恋着も持たずに生きてきた。

ふりむけば己の影を見るが、そこに光をあてれば影は消えてしまう。

過去とはそんなものだと思っている。

「いつから警護を始められるのですか」

「来週月曜からだ。もっとも、山西が警護を受け容れたらの話だが」

「中川は山西に相談せず、玲人さんに依頼したのですか」

「そうらしい」

「でも、受けますね。元参議院のボスといえども選対本部の意向は無視できません」

「だろうな」

「自分への指示をお願いします」

「おまえの仲間の動きを調べてみてくれ。中川は脅迫事案に関して公安部署の者を極秘捜査にあたらせていると思う」

「わかりました。ほかには」

「必要に応じて連絡する。だから、通常任務をこなせ」

「くり返しになりますが、山西に関する情報収集がここしばらくの通常任務です」

「好きにしろ」

投げやりに言った。

自分から面倒を持ちかけて、相手のやる気をくじくのは筋目に反する。

小太郎がにんまりした。

こいつ、変わったな。

玲人は胸でつぶやいた。

目の前のことに没頭《ぼっとう》する性格だが、ひとりよがりの一面が強かった。それが、いつの間にか周囲を眺められるようになった。なにより、玲人の胸中を読もうとしている。

変化の背景に興味がむきかけたけれど、知ったところで自分はなにも変わらない。知って小太郎への対応を変えるのは面倒だ。

「玲人さんが山西につきっきりになるのなら、自分は橋本を監視します」

小太郎の声と目に熱を感じた。

現時点で断言できるのは、橋本が山西の汚れ役ということだ。民和党への脅迫が本気であれ、悪戯《いたずら》であれ、山西陣営は警戒するだろうし、脅迫される覚えがあれば何らかの手を打つ。それを実行するのは橋本の役目である。

おそらく小太郎もそう読んでいる。

それでも、忠告しておくことはある。

「緊急の場合以外は電話もメールもよこすな。警護中にケータイをさわっていれば、なにをやっているのかと勘ぐられる」

「わかりました。ほかにありますか」

「ない」

小太郎の表情がすこしやわらいだ。

「莉子《りこ》さんは手伝わないのですか」

内閣情報調査室の国内部職員の松尾《まつお》莉子は、官邸の前田審議官の姪《めい》にあたる。前田の薦めもあって、二年前から官邸の仕事をするさいに手伝ってもらうようになった。

「ああ」

「なぜですか」

「探偵稼業の依頼だからだ。それに、前田審議官は中川の動きを知らないと思う」

「莉子さんは審議官に内緒にしてでもよろこんで手伝いますよ」

「そういう次元の話ではない」

玲人はきっぱり言った。

「今回は厄介《やっかい》な仕事になりそうな気がする。脅迫の背景にもよるが、俺の動きを官邸が知るところとなれば、審議官に迷惑をかけるかもしれない。審議官の姪が……それも内調職員が職務外で俺の手伝いをしていたとわかれば責任問題に発展する」

「厄介とは、八年前の出来事をさしているのですね」

「まあな」

玲人は曖昧に応えた。

半分本音で、あとの半分は別の疑念がひっかかっている。

頭の片隅に別れ際の中川とのやりとりがある。

――自分を使うことは、稲村さんも、官邸の前田審議官も知らないのですか――

――前田は知らない。稲村先生は……迷っている。君との縁を先生から聞いたわけではないので、話していいものかどうか……――

――迷っている――

あの言葉は信じていない。

――稲村先生と君の関係は古巣を介して聞き及んでいる――

それが事実なら、相談したはずだ。

マスコミの多くは、稲村が党幹事長代理に就いたのは国政選挙を仕切るためだと読んでおり、党公認候補の選定には稲村の意志が強く働いたとの報道がある。
中川が稲村に隠して自分に依頼した理由はなんなのか。
稲村に相談したうえでの依頼であるのなら、どうして自分にうそをついたのか。
玲人は、中川の胸のうちを読みきれないでいた。

3

電話の音で目が覚めた。

早朝に連絡があると予期して携帯電話をサイドテーブルに置いて寝たのだが、すぐには手が伸びず、ベッドに胡坐《あぐら》をかいてから耳にあてた。

《でるのが遅い》

いきなり怒鳴られた。

そのもの言いで相手が山西の秘書の橋本とわかった。

——話はついた。月曜には山西事務所の者が連絡するはずだ——

おとといの夜に、中川が電話でそう言ったとき橋本が思いうかんだ。

「申し訳ありません」

着信音が何度鳴ったのかわからないが、謝るしかなかった。

《やる気がないのなら依頼をことわれ》

「そういう失礼なことはしません」

《言っておくが、選対本部の要望だから話を受けたのだ。山西事務所はなんの心配もしていないし、君が警護につくことで、かえって神経を遣うはめになる》
「自分のことを覚えておられるのですか」
《あたりまえだ》
橋本がどすを利かせた。
《わたしに足をかけ、尻もちをつかせた。忘れるわけがない》
玲人は肩をすぼめた。
「警護はきょうからでしょうか」
《ああ。このあと、ファックスで先生のきょうの予定表を送る。が、その前に伝えておく。先生のそばに寄るな。移動中は自分の車で追尾しろ》
「それでは万が一の場合に対応できません」
《いらん心配だ。先生のそばには絶えず、柔道五段の猛者《もさ》がいる》
「秘書の方ですか」
《つまらん質問はするな》
「警護の時間的な範囲を教えてください」
《一応、自宅をでてから帰宅するまでとしておく。高い報酬をもらうようだから、それく

らいでなければ、君も心苦しいだろう》
玲人が無言でいると、橋本が言葉をたした。
《警護の必要がない場合はわたしか、わたしの部下が指示をする。ただし、君のほうから連絡するときはわたしの携帯電話にかけなさい》
「わかりました。では、予定表をお願いします」
電話を切って立ちあがり、ペットボトルとグラスを手に仕事場へむかった。
一杯の水を飲み干《ほ》したところで、ファックスが稼動しだした。
A四判の用紙一枚だった。
——08:30～10:15　山西事務所
10:30～11:30　民和党本部
12:00～13:30　会食
14:00～17:00　挨拶回り
17:00～18:30　山西事務所
19:00～21:30　会食
以降、未定
10:00には山西事務所の前で待機するように

移動先は逐次《ちくじ》連絡する――

予定表を見て、自分は邪魔者と悟った。

SPに手渡されるそれとは雲泥の差がある。

午前中の事務所滞在は、その日の打ち合わせと陳情客への対応だろう。

警備部警護課に届く予定表には来客の名も、挨拶回りの企業・団体の名称および面談場所などが詳細に記されていた。

邪魔者と自覚しても、それで仕事への意識が変わるわけではない。

SPのころとおなじかどうかはわからないが、神経はぴんと張っている。

感情も家に置いてでかけられそうだ。

玲人はもう一杯の水を飲み、浴室へむかった。

上着を助手席に置き、ネクタイを締め直した。

それでようやく腰が据わった。

なんとなく違和感があったのは上着の内懐に隙間を感じていたせいだろう。SPとして職務中は左脇に拳銃を抱いていた。

エアコンを入れ、窓を閉じた。

朝の太陽をまともに浴《あ》びている。

先週末から東京は快晴続きで、きょうも気温はあがりそうだ。

平河町《ひらかわちょう》の建物から三人の男がでてきた。

がっしりした体軀《たいく》の男が前に立ち、路上に停まる車の後部ドアを開く。

山西が腰をかがめ、乗り込んだ。

ドアを開けた男が助手席に乗り、細身の中年男が車のそばに立った。

黒の車が動きだすのと同時に携帯電話が鳴った。

「はい」

玲人はシフトレバーを操作しながら声を発した。

運転中はワイヤレスイヤホンを耳に挿《さ》し、無線通信のブルートゥースを利用する。

《橋本だ。予定どおり、先生は民和党本部にむかわれる。これから先は先生に同行する立《たち》花《ばな》という者が君に連絡する》

「がっしりした人ですね」

《そうだ》

「緊急時の場合は彼の指示に従えばいいのですか」

《そういう事態にはならないと思うが……それでかまわん》

「では、切ります」
《待て》
「なんでしょう」
《君は毎日、中川議員に報告することになっているのか》
「お応えできません」
《うちの先生を警護するのだぞ》
「しかし、依頼主は中川さんです。ご不満なら中川さんに相談してください」
《君はあいかわらず無礼者だな》
捨て台詞のあと、通話が切れた。
十一時四十分に永田町の民和党本部をでた車は、歩いて十分ほどの距離にあるシティホテルの駐車場に入った。
平河町から永田町、永田町から赤坂、いずれも民間人なら歩いて行くだろう。
時間を空け、玲人もホテルの駐車場に停めた。
車を降りたところで携帯電話がふるえた。記憶にない番号だった。玲人は機能のアドレス帳を利用せず、必要な番号は暗記している。警察官のときからの習慣で、場所と状況にもよるが覚えのない番号の電話は無視する。

今回はすぐにでた。山西に同行する立花からの電話と思ったからだ。

《大原さんですか》

凄みを感じる低い声音だが、丁寧なもの言いだった。

「はい。あなたは」

《立花です。先生はホテル地下の蕎麦屋の個室に入りました。会食の予定は午後一時半までとなっていますが、一時には動ける態勢をとっておいてください》

「わかりました」

電話を切り、路上にでた。

車が粉塵《ふんじん》をまきあげながら行き交っている。

その粉塵が陽光を浴びてキラキラと光る。

にじむ汗にガラス片がへばりつくように感じて、うっとうしいことこの上ない。

小走りに横断歩道を渡った。

路地に入り、コーヒーショップのテラスに腰をおろした。

真夏の暑さだが、狭苦しい喫煙席よりはましだ。安価なサンドイッチとはいえ、煙草臭い部屋では食べたくない。かといって、食後の一服もほしい。なにより、そとにいれば緊急連絡に即応できる。

生ハムとレタスをはさんだパンをかじり、アイスコーヒーを飲む。

SP時代の勤務中はこんなつかの間の休息すらとれなかった。

食べおえ、携帯電話を手にした。

「立花の素性はわかったか」

橋本からの電話のあと小太郎に頼み事をしていた。

《一年半前まで、自分とおなじ部署にいました。彼は静岡県警本部ですが……》

「山西の地元か」

《退官の理由および現職についた経緯は調査中なので、判明したことを言います。立花明《あき》弘《ひろ》、三十七歳で独身。退官時の部署は警備部公安課、階級は巡査部長でした。おととしの十二月に依願退職し、翌年三月、静岡市にある山西事務所に私設秘書として勤務。去年暮れの衆院選挙のあと平河町の東京事務所に移りました》

「住まいは」

《渋谷区千駄ヶ谷《せんだがや》の、1Kのマンションです》

「山西の自宅マンションに近いな」

《車なら十分とかからないでしょう》

山西は単身、赤坂のマンションに暮らしている。
「相当かわいがられているようだな」
《自分もそう感じますが、立花の個人情報が不足していまして……》
小太郎が申し訳なさそうに言った。
「橋本はどうしている」
《事務所から一歩もでてきません》
「ずっと張りついているのか」
《はい》
小太郎がひと間を空けて言葉をたした。
《お訊ねしてもいいですか》
「なんだ」
《中川は玲人さんに、極秘の捜査を要請したと言ったのですね》
「ああ」
《案件から判断して要請した先は警視庁の警備部か公安部しか考えられません。しかし、それに関する情報を入手できません》
「山西事務所の周辺にそれらしい人物はいないのか」

《ええ。玲人さんのほうはどうですか》
「いまのところ、誰かが山西を尾行している気配はない」
《引き続き、橋本の監視と、情報収集を行ないます》
話しおえると、携帯電話で時刻を確認した。午後一時まで二十分ある。
暑さのせいか、退屈な日常に慣れたせいか、時間が長く感じる。
玲人は、ハンドタオルで首筋の汗を拭《ぬぐ》い、煙草をくわえた。

赤坂のホテルを発った山西は、丸《まる》の内《うち》にある生命保険業界とガラス製造業界の団体、銀座では製紙業界の関連団体などを三十分間隔《かんかく》で訪問した。

組織票獲得のための挨拶回りなのは火を見るよりあきらかだった。

政治家が国政選挙で頼りにするのは国民一人ひとりではなく、企業でもなく、業界が集って設立した法人や団体である。そこで政治家は票のとりまとめを懇願《こんがん》し、団体側は見返りとして自分らの業界に有利に働く政策づくりを要望するのだ。

そういうことはSP時代に知った。

以降、政治には期待どころか、興味すら失せてしまった。恩義のある民和党の稲村に対しても、政治家としてではなく、人として接している。官邸の仕事を続けているのは、国家と国民の利益を護《まも》るという、霞のような矜持《きょうじ》があるからだ。

それにしても、対象者と距離を空けての身辺警護が著《いちじる》しく疲弊《ひへい》するのを初めて知った。ＳＰのときは警護対象者の行動予定が詳細にわかっているので、あらゆる想定の下に心構えができるのだが、今回は出た処《とこ》勝負である。

移動中や、山西が車を乗り降りするときは神経が張り詰めても、訪問先の建物に入ったとたんに弛み、それに気づき慌てて締め直すことが幾度かあった。

制約のなかでやれることをやる。

そう割り切っていても、いや、割り切っているからなのか、集中力は低下する。

運転しながらそんなことを思うのだから、低下どころか散漫にちかい。

午後六時十八分、山西の車は平河町のオフィスビルの正面玄関に停まった。

そのビルは古くから政治家たちが個人や派閥《はばつ》の事務所として利用している。山西は二十一年前の初当選以降、参議院議員宿舎に住み、参議院会館を事務室にしていたのだが、三年前に落選したので転居し、東京事務所を設けたのだった。

玲人は、山西がビルに消えるのを見届け、ふうっと息をぬいた。

山西の事務所での滞在時間は三十分ほどか。

夜の行動に備えて暫時《ざんじ》の休息をとるのだろう。

窓を開け、煙草をくわえた。

ライターを擦ろうとしたとき携帯電話がふるえた。

橋本からだった。

「大原です」

《ご苦労だった。きょうはこれで引きあげなさい》

「それでは仕事になりません」

《中川先生から聞いていないのか》

「なにをでしょう」

《こちらの事情と判断を優先する……それが君の警護を受け容れる条件だった》

聞いていない、とは言えない。

急いで言葉をさがした。

「せめて、ここまでと判断された理由を教えてください」

《君がうろついていれば面倒がおきかねないからだ》

「わかりました」

玲人は即座に返した。

銀座六丁目にあるダイニング・バーはひっそりしていた。

カウンターのなかほどにホステスらしい二人連れがいるだけで、二つある四人掛けのテーブル席に先客はいなかった。

まもなく午後八時になる。

山西事務所を離れたあと、家に帰って着替え、電車を乗り継いで来た。

入口に近いカウンターの端に腰をおろした。

浅黒い顔のバーテンダーが人懐こい笑みをうかべ前に立った。

「おひさしぶりです」

「覚えていたのか」

「はい」

バーテンダーが健康そうな歯を覗かせた。

半年ほど前、友人の荒井康太《あらいこうた》に連れて来られた。

ためらいもなく友と言えるのは荒井ひとりで、東洋新聞社の政治部に在籍している。稲村の縁だが、稲村に紹介されたわけではない。荒井は稲村が官房長官を務めていたときの総理大臣の番記者で、いつも官邸内をうろついていた。ある日にレストルームで鉢合《はちあ》わせたのがきっかけで親しくなり、たまに夜の街へ遊びに行く仲になった。

「荒井さんとお待ち合わせですか」

「別の男です」

「お飲み物は」

「スコッチの水割りを」

玲人は、すこしためらったあと言った。

緊急の出動要請が頭をかすめた。

ひと口呑んで、煙草をふかした。

中川の依頼を受けてから煙草を手にする回数が増えた。

酒場での煙草は旨かった。

ほどなく小太郎があらわれ、となりに座った。

店内をきょろきょろ見渡し、話しかける。

「おちついたお店ですね」

「深夜は賑《にぎ》やかになるそうだ」

荒井の受け売りである。午前四時までの営業なので深夜にはホステスが客を連れてくると聞いた。バーテンダー二人と厨房《ちゅうぼう》にコックがひとりなので、込み入った話もできる。

小太郎がビールで咽《のど》を鳴らしてから顔をむけた。

「いま山西が会っているのは、民和党の上原利夫《うえはらとしお》です」

「なるほどな」

玲人は合点《がてん》がいった。

上原は民和党の選挙対策委員長なのでSPがつく。

民和党の選挙対策本部長は党首すなわち総理大臣、副本部長は幹事長だが、全体を差配しているのは幹事長代理の稲村で、実務は上原が仕切っている。

参議院議員選挙を直前にして、上原には閣僚なみの警護態勢をとっているだろう。

そうであるなら、いかに玲人が警戒しようとSPの目に入る。

橋本のいう面倒の中身はわからないけれど、玲人のほうは間違いなく面倒になる。玲人に関する情報が上層部に伝われば即刻、官邸の前田審議官に呼びつけられる。

「二人きりか」

「党の参院幹事長が同席しています」

「よし、呑むか」

玲人は水割りのグラスを半分空けた。

銀座の店で待ち合わせたのは、小太郎から、会食の場が内幸町《うちさいわいちょう》のホテルにある日本料理店と聞いたからだった。店からホテルまで駆ければ五分とかからない。

その配慮も必要なさそうだ。

小太郎が目元を弛めた。

「夜の警護を拒否されたのですね」

「ああ。相手次第ではこっそり張りつくつもりだった」

「山西がはめをはずすかもしれないと……そう思っていたのですか」

「まあな。けど、党幹部と会ったあとではおとなしく帰るしかない。もし面倒がおきれば幹部らに迷惑が及んでしまう」

「そうですね。そのほうが自分もありがたい。ゆっくり報告ができます」

「収穫があったのか」

「はい」

小太郎が元気に応え、ビールを呑み干した。

玲人もグラスを空けた。

バーテンダーが二人の前に水割りを置いたあと、小太郎が口をひらいた。

「私設秘書の立花……上司に促されての依願退職だったようです」

「なにをしでかした」

「捜査情報漏洩《ろうえい》の疑いをかけられていました」

「公安部署は監察官室の対象外じゃないか」

「そうなのですが、桜田門のようにやりたい放題というわけにはいきません」

玲人は頷いた。

公安部署が独立しているのは警視庁だけで、ほかの道府県の警察本部は警備部の下に配されている。警察庁も警備局の一部署として公安部がある。

「例の東海土建に贈賄《ぞうわい》疑惑があり、県警捜査二課が内偵していました。その捜査情報が東海土建に洩れたようです」

「贈賄の相手は」

「山西の息のかかる県会議員と県の幹部職員でした」

「過去形か」

「捜査は内偵の段階で打ち切られました。本格捜査に踏《ふ》み切るには証拠がたりないとの判断だったようですが……ほんとうのところはどうでしょう」

「藪《やぶ》をつついて、マスコミに咬《か》みつかれるのを恐れたわけだな」

「自分はそう思います。とくに公安部署は防御に余念がありませんから」

「よかった」

「えっ」

「おまえの規律違反……犯罪にはならないようだ」

玲人がにっこりすると、小太郎が破顔した。

「報告はおわりか」

「まだあります」

小太郎が真顔に戻した。

「民和党に届いた脅迫文の中身がわかりました。山西を公認するな。出馬させるな。出馬すれば、公示直後に、山西のスキャンダルをマスコミにばらまくと……」

「封書か」

「はい。投函《とうかん》場所は千代田《ちよだ》区麴町《こうじまち》でした」

「公安筋の情報か」

「そうです。中川は公安部長に要請したようです。現在、動いているのはうちの課長の側近の三名と思われます」

「その三人、刑事部捜査二課に人脈があるのか」

脅迫事案は捜査一課の特殊犯係の担当だが、選挙が絡めば捜査二課の出番になる。

「残念ながら……」

小太郎が頼りなさそうな顔を見せた。

感情がすぐ顔にでるのでわかりやすい。

「中川は山西事務所にも届いたと言ったが」

「そっちは不明です。警察の協力要請を拒《こば》んだのかもしれません」

「要請してないような気がする。中川は情報が外部に洩れるのを恐れ、俺以外のことは山西側に伝えていないと思う。いずれにしても、刑事部が動いていないのは確かだな。あそこが動けば、山西側も只では済まされん」

「なるほど」

小太郎が感心したようにつぶやいた。

玲人は煙草をふかし、品書を頼んだ。

夕食を摂《と》っていないことを思いだした。

「おまえは食べたのか」

「まだ食べられます」

まともな返事ではなかったが、そんなことに頓着《とんちゃく》しない。

カレイのカルパッチョ、野菜と生ハムのピザ、二種類のスパゲティを注文した。

二人して三杯目のグラスに替えたあと、小太郎が身体のむきを変えた。

「最後に、矢野淳也に関する情報です」

小太郎の声には力があった。

「矢野が公安部の監視対象リストからはずれた背景が見えてきました。どうやら矢野は情報屋になったようです」

「誰の」

とっさに声がでた。

内閣情報調査室と異なり、公安部が情報屋をかかえることはない。公安部に所属する者が、あるときは相手の疵《きず》につけ入り、あるときは見返りを渡して、またあるときは罠《わな》に嵌《は》めたり威したりして、利用価値のある人物を情報屋に仕立てあげるのだ。

「庶務係の川瀬とかいう警部補か」

「違うと思います。自分の情報屋の名を書き記すなんて……ありえません」

「そうだよな」

「矢野の経歴から推察して、公安総務課か公安第三課ではないかと思います」

三課の捜査対象に右翼系の人物もふくまれる。矢野の師にあたる総会屋は右翼とみなされ、事実、右翼団体や暴力団との接点があった。

「しかし、時期が……」

玲人の首が傾いた。

むりやり八年前の出来事に結びつけようとする自分がいる。

「愛田という線も考えられます」

「ん」

玲人は目をまるくした。

小太郎が話を続ける。

「愛田のことはどこまでご存知ですか」

「あのあと警部に昇格して公安一課の係長になり、翌年の春には新宿署の警備課長……耳にしたのはそこまでだ」

「その二年後、公安三課に理事官として赴任《ふにん》しました」

「すごい出世だな」

めずらしく感情が露出した。

いまでは公安総務課を除き、公安部の課長職にノンキャリアもつけるようになったが、それでも公安ひと筋の者にかぎられていた。他部署で出世をかさねたとはいえ、課長と同格の理事官に就くとはのけ反りそうなほどのおどろきだった。

だが、別の疑念がめばえ、冷静をとり戻した。

「時期が合わん。矢野がリストからはずれたのはあれから一年後なんだろう」

「そうですが、公安部は新宿署時代の愛田がときどき矢野と遊んでいた事実を摑んでいます。当時、矢野は新宿に事務所を構えていました」

「それでもむりがある。新宿署の警備課長とはいえ、警視庁公安部の機密事案に口をはさめるとは思えん」

小太郎がなにかを言いかけてグラスを手にした。

玲人もあらたにめばえかけた疑念に蓋《ふた》をした。

推測に推測をかさねるほどむだなことはない。

カウンターに料理がならんだ。

カルパッチョは小太郎にまかせ、ピザをつまんだ。

レタスや香草がたっぷり載っている。

それを食べているうち、あることに気づいた。

「おまえ、朝から橋本を見張っていたんだろう」

「そうですが、きょうは空振りでした。橋本は午後六時半まで……」

「その話じゃない。それだけの情報をいつ集めた」

「莉子さんに手伝ってもらいました」

小太郎があっけらかんと言った。

「でも、ご心配なく。自分の捜査の協力ということでお願いしたのです」

あまいな。

胸でつぶやいた。

莉子は利発で、勘も働く。

他方の小太郎はうそをつくのも、隠し事をするのも下手《へた》である。

莉子が自分にさぐりを入れるのはかまわないけれど、前田のほうが気になる。

先手を打つか。

玲人は、わずかな思案のあと、そう決断した。

「三つの事案のうち、莉子に協力要請したのはどれだ」

「山西事務所の立花と、〈TPPを考える会〉の矢野です。どちらも経歴の照会を頼みました。〈TPPを考える会〉については継続中です」

「おまえな……」

玲人は呆《あき》れて声が続かなかった。

「莉子さんを仲間に入れますか」

「はあ」

「そのほうが安全かもしれません」

「まさかおまえ……端《はな》からその魂胆で……」

小太郎が視線を逸らし、ミートスパゲティを食べだした。

玲人は追及するのを諦めた。

走りだした者を押さえつけようとすれば自分も転ぶ。

食欲がなくなった。

「これも食え」

ウニをあえたスパゲティの皿を小太郎のほうへやった。

「いただきます」

玲人は、小太郎が旨そうに食べるのを眺めながら水割りを呑んだ。

4

松尾莉子が十一号車に入ってくるのと同時に、列車が動きだした。

東京駅がゆっくり流れてゆく。

莉子は肩で息をしていた。

黒のタンクトップに白のパーカー、チノパンツもスニーカーも白だ。

見慣れた格好である。身なりと茶目っ気のある童顔は学生に見紛《みまが》うほどだが、秋がくれば三十三歳になる。保育士をやりながら勉強して国家試験を受け、内閣情報調査室に入庁した努力家だが、そんなふうには感じさせない。

気丈で、あかるい。

それが玲人の莉子評である。

その二つを持ち続けていれば、彼女の夢の国会議員にもなれそうな気がする。

莉子が前の背もたれを倒し、玲人の斜め前に座った。

名古屋行〈こだま六五九〉の指定席は三分の二が空いている。

「焦《あせ》りました」

「のんびり昼飯を食ってたか」

莉子が頬をふくらませた。

「どうしてそんな意地悪を……健気《けなげ》に尽くしているのに」

「誰に」

「ほんと、怒りますよ」

眦がはねるようにあがった。

「ギリギリまで調べていたのです」

甲高《かんだか》い声になって気にしたのか、半立ちで前後を見た。

ポニーテールの先が玲人の鼻をかすめた。

「山西氏はとなりのグリーンですか」

「ああ。十号車は座席で煙草が喫《す》えるからな」

「だから〈こだま〉なんですね」

「それは違う」

「えっ。行先は静岡ではないのですか」

「静岡に停まる〈ひかり〉もある。だが、山西はいつも〈こだま〉に乗るそうだ」

「わけがありそうですね」

莉子の瞳がきらめいた。好奇心が旺盛なのだ。

「教えてやるから、先に報告しろ」

きのう、銀座で小太郎と呑んでいるさなか、莉子に電話した。

一回の着信音で莉子がでて、遅いです、と文句を言われた。

玲人の読みどおり、莉子の勘が鋭く反応したようだ。あるいは、小太郎と莉子がひと芝居を打ったか。その場合でも、主役は莉子だろう。

頼んだ調査結果を知りたくて電話をかけたのだが、会って報告すると言われ、昼から静岡へ行くと伝えると、間髪容れず同行すると返されたのだった。

「まず、幻の贈収賄疑惑から報告します」

莉子がリュックからノートをとりだした。

内閣情報調査室の機密文書は持ち帰れないし、自宅のパソコンにさえも送信できないので、仕事に必要なデータは暗記するか、書き写すことになる。

「小太郎さんはどこまで話したのですか」

歳下の小太郎をさんづけする莉子に、玲人はほっとする。

きのう聞いた話をそのまま声にした。

話しおえるや、莉子が口をひらいた。

「疑惑の中身も、捜査の畳《たた》み方もよくあることで、小太郎さんの推察には異論ありませんが、ひとつ、話しておきたいことがあります」

「私設秘書の立花明弘のことか」

「はい。警察官時代の彼は、礼儀正しく、律儀な男だったという評価がもっぱらでした。彼が依願退職に追い込まれたのは母親の病気が根っこにあります」

莉子がノートを見てから言葉をたした。

「立花は十年前の二十七歳のとき警備部公安課に配属されました。その三年後に母親が重い更年期障害を患い、ひどいうつ状態になったのですが、そのさい山西氏に病院を紹介され、母親の病気は完治し、元気をとり戻したそうです」

「立花は恩義をかかえ込んだ……そういうことか」

「立花は母子家庭に育ち、とても母親思いだったと……捜査対象者のひとり、東海土建の関係者に捜査情報を洩らしたのは、その恩義があったからだろうと……彼の上司は立花をかばうような証言をしています」

「つまり、贈収賄疑惑の真ん中に山西がいた」

「捜査二課はそう読んでいたようです」

玲人は首をかしげた。

「恩義とは一生ものなのでしょうか」

「……」

「犯罪事案に手を貸し、実質的にクビになってまで立花は恩を返した……もういいじゃないですか。どうして立花は山西氏の秘書になったのでしょう」

「……」

莉子が真剣な顔で話せば話すほど玲人のくちびるは固くなった。

己の心の様でさえわからなくなることがあるのだ。

「立花も同行しているのですか」

莉子が視線をずらした。

その先に十号車がある。

「立花ひとりだ」

「橋本は」

「東京に残った。今回は比例代表での出馬なので東京も重要な戦場なのだろう」

「そのことですが……」

莉子が声音を変え、眉をひそめた。

「山西氏はぎりぎりまで選挙区からの出馬を模索していたようです」

「それはむりだな」

玲人は即座に返した。

山西は四十九歳で参院選に当選し、三期連続、十八年間議席を護り、参院枠で主要閣僚の経済産業大臣になった。それほどの実績があろうと、我は通せない。参院選の静岡は二人区で、民和党からは六年前に初当選した現職が立候補する。三年での返り咲きを狙うには比例代表で出馬するのが党人としての筋目だ。

「民和党の静岡県連も苦慮したようで、県連幹部には山西氏に近い者が多く、一時は山西氏を静岡選挙区、現職の横田修《よこたおさむ》氏を比例代表にとの案もでたそうです。最後は、民和党本部の強い意向で、山西氏が折れたと聞きました」

「内調にはそんな情報も入るのか」

「いまでは国政選挙のために存在するような組織です」

莉子が苦笑した。

「政権党の候補者の身体検査に、選挙区の情勢分析と票読み……まあ、きょうはそのおかげで玲人さんに同行できたのですが」

「静岡は、票読みの調査が必要なほど激戦区なのか」

「民和党は、一人区での圧勝を確信しており、複数区……とくに二人区での票の行方《ゆくえ》を気にしています。横田氏の当選は確実視されているのですが、残る一席をめぐり、連立を組む公友党と、現職の新政党議員、日本改革党が三つ巴の争いを演じていて……参院での与党過半数を確保するためにも二人区は重要なのです」

「山西と横田の関係は」

「赤の他人でしょうね」

莉子がにべもなく言った。

「きょうの地元入りは、横田氏ではなく、公友党の川又《かわまた》候補の支援のためだと思います。参院での民和党と公友党の絆《きずな》は両者によるところがおおきいといわれています」

「民和党から、山西の身体検査を行なうよう指示はあったのか」

「ありました。政治資金管理団体のおカネの動き、人脈とも問題なしです」

「性癖のほうは」

たちまち莉子の表情が弛んだ。

「下ネタですか」

「そうだ」

玲人はぶっきらぼうに返した。

その手の話が苦手なのに、相手は女なのでよけいに気が滅入る。

「この二、三年は悪いうわさがないようです」

「〈TPPを考える会〉の矢野の情報は入手したか。小太郎は、公安部署の誰かの情報屋になったようだと言ったが……」

「残念ながら、矢野に関する情報はすくなすぎます」

「現時点で、矢野と山西もしくは橋本との接点は確認されていないのだな」

莉子が目をまるくした。

「そういうふうに考えておられるのですか」

「小太郎に八年前の出来事を聞いたんだろう」

「はい。わたしが、問い詰めたのですが」

莉子が赤い舌を覗かせた。

玲人は、窓に視線を移した。

頭のなかを整理したかった。

どんどん情報が増えていく。

それを横一列にならべる。予断と偏見《へんけん》ででこぼこに置くようなまねはしない。

雲の切れ間から陽光がこぼれた。

幾度かまばたきをくり返しているうちに、前方の空が青くなった。

莉子が窓に顔を近づける。

「東京はいまにも雨が降りそうだったのに……日本も結構ひろいんですね」

三島《みしま》を過ぎたあたりか。

眼前にあらわれた駿河《するが》湾は宝石をちりばめたように輝いている。

莉子の瞳も輝いた。

「もうすぐかな」

「えっ」

莉子が顔をむけた。

「山西が〈こだま〉に乗る理由……この先に、新富士《しんふじ》という駅がある」

「ああっ」

莉子が頓狂な声を発した。

「請願駅といわれる駅ですね。静岡選出の国会議員が地元の要望を受けて、霞が関を動かした……新富士駅は山西が造らせたのですか」

玲人は首をふった。

「山西の父親が音頭をとった。父親はかつて静岡選出の衆院議員で、彼の地元の富士市は幾つもの製紙工場があって賑わっていたそうだ。父親は地元企業の強い要望を叶《かな》えるために地方自治体と連携し、運輸省に働きかけた。新富士駅が完成したのは一九八八年で、当時銀行員だった山西は、父親のように地元のために働きたいと思うようになり、参院選への出馬を決意したそうだ」

「本人に聞いたのですか」

「ああ。山西が経産省の大臣だったころ、幾度か東京と静岡を往復した。あるとき、慰労《いろう》の名目で、同僚と一緒に静岡の料理屋で晩飯を馳走になった。その夜の山西は頗《すこぶ》るご機嫌で、父親の自慢話をしていた」

「ファザコンですか」

「初心忘るべからず……そのために〈こだま〉を利用しているそうだ」

「……」

なにか言いたそうな仕種を見せたが、声にならなかった。

列車が新富士駅に停まった。

ホームに人影はなかった。

長いトンネルを潜《くぐ》って、列車は静岡駅に近づく。

「ホテルは予約したのか」

「日帰りなんです。一応、公務ですから」

「静岡でなにをする」

「民和党の静岡県連へ行き、むこうの情勢分析の結果を聞きます」

「ふーん」

「玲人さんは」

「山西次第だな」

「退屈そう……」

莉子がまた舌を見せた。

直後、列車はトンネルに入った。

神田川《かんだがわ》に架《か》かる聖橋《ひじり》をよぎる風はうっとうしいほど重く感じた。

曇天は雨を降らさず、湿気だけをおとしている。

玲人は、橋のなかほどで左手の建物を見た。

山西がいる病院である。

きょうから二泊三日の検査入院で、選挙前の慣例になっているという。

山西の自宅から御茶《おちゃ》の水《みず》の病院まで警護したところで、お役御免になった。

病院を去って五分と経たないうちに電話が鳴り、引き返した。
駅前のビルの駐車場に車を停め、聖橋を渡っている。
千代田区駿河台《するがだい》と文京区《ぶんきょう》湯島《ゆしま》を分かつ橋は公募で名づけられたと聞いている。
右手の湯島聖堂を通り過ぎ、ゆるやかな坂をのぼった。
指定されたホテルは坂の途中の左手にあった。
二階の喫茶室に入る。
先客はまばらで、玲人は喫煙エリアの窓側の席に座った。
コーヒーを注文しているとき、男が肩をゆすりながら入ってきた。
ひと目で橋本とわかったが、風貌《ふうぼう》は八年前とおおきく変わっていた。
剃髪《ていはつ》した頭が光っている。幅もでて、黒のダブルスーツが窮屈《きゅうくつ》に見えた。
玲人は立ちあがって迎えた。
「おひさしぶりです」
「おう」
橋本が席に座り、煙草をくわえた。
風貌は変わっても傲慢《ごうまん》な態度は死ぬまで変わらないと思う。
だが、それは玲人もおなじで、人の様で自分のなにかが変わることはない。

「党も政権をとり戻して、金庫に余裕ができたようだな」

「むだなカネを遣っていると言われたいのですか」

「そのほうが平和で、うちも安心して選挙に臨《のぞ》める」

「脅迫は続いているのですか」

「あんなもの……」

吐き捨てるように言い、ウエイトレスにアイスティを頼んで視線を戻した。

「静岡では先生に遊んでもらったそうだな」

「ええ。顔と名を覚えておられたのには恐縮しました」

「政治家はそれが商売だ」

橋本がニッと笑い、煙草をふかす。

その仕種に、おとといの夜の山西がかさなった。

山西が静岡市の中心街にある民和党静岡支部からでてきたときだった。

秘書の立花が玲人の車に駆け寄ってきた。

静岡駅に着くや、莉子に山西の追尾を頼み、駅前のレンタカー店に走った。

立花の顔にはやわらかい笑みがあった。

「一緒に夕食をとのことです」

「わかりました」

玲人はためらいなく言った。

予約していたホテルでチェックインを済ませ、教えられた店へむかった。

気さくに入れそうな感じの割烹《かっぽう》店だった。

女将《おかみ》とは長いつき合いのようで、山西はすっかり寛《くつろ》いでいた。

酒も料理も旨かった。地元で獲《と》れたという魚の煮つけはとくに舌がよろこんだ。

——この男には昔、世話になった——

小座敷にあがってすぐ、山西は女将にそう言った。

目を細めた女将の顔が印象に残った。

それっきり、玲人との縁は口にしなかった。

山西はよく食べ、よく呑み、地元の産業がふるわないこと、復活当選したのちのことを立て板に水のように喋りまくった。

玲人は、饒舌《じょうぜつ》な男も、自慢する男も苦手だが、苦痛ではなかった。女将と立花の絶えることのない笑顔のおかげだったような気もする。

二時間ほどいて、近くの酒場に移った。

八人が座れるカウンターとひとつのボックス席の、こぢんまりした店だった。

そこでも山西は和服のママの歓待を受けた。

カウンターにいた三人の先客も笑顔で山西に声をかけていた。

山西はますます上機嫌になり、ボックス席で呑み、歌った。

いったい、八年前のあれはなんだったんだ。

マイクを握り締める山西の顔を見ているうちそんなことを思った。

翌朝、山西は地元後援会の連中とゴルフをした。

市内の丘陵地《きゅうりょうち》にあるゴルフ場はどのコースからも富士山を拝《おが》めた。

玲人は場内での警護を許されたが、山西に声をかけられるどころか、視線を合わせることもなかった。

「先生はご機嫌だっただろう」

橋本の声に、逸れていた視線を戻した。

「ええ。とても」

「先生は静岡のために生まれてこられたようなお方だ」

橋本が臆面《おくめん》もなく言った。

玲人はかるく瞼《まぶた》を閉じた。なにかの意味を持っての所作ではなかった。

しかし、橋本の顔は険しくなった。

「先生はご機嫌でも、わたしは気に入らん」

語気に凄みがあった。

「君は女連れで警護をしているのか」

「なにをおっしゃられてるのか、よくわかりません」

玲人は冷静に返した。

新幹線のなかで、莉子が民和党静岡県連を訪ねると言ったときから覚悟はしている。

「先生が顔をだされたおなじ時刻、内調の松尾莉子が県連を訪ねた。まさか、偶然だとは言わないだろうな」

橋本の眼光が増した。

玲人は瞬時に腹を括《くく》った。

内調の松尾莉子と、なにはばかることなく言ったのだ。

「偶然でした」

「ほう」

橋本が顎を突きだした。

「公安総務課の竹内小太郎が先生の周辺をさぐっているとの情報もある」

「周辺とは……具体的におっしゃってください」

「とぼけるな」

　橋本が声を荒らげた。

「おまえの指示ではないか」

　君からおまえになった。八年前にきさまと罵《のの》られたが、あれは売り言葉に買い言葉で、おまえと言われたのは初めてである。

　しかし、臆することはない。正面からの攻撃には真っ向で受け止める。

「認めます。自分が二人に協力を求めました」

「官邸も関与しているのか」

「内閣官房の前田審議官をさしてのご質問ですか」

　ほんの一瞬、橋本の瞳がゆれた。

　開き直られるとは思っていなかったのだろう。

　玲人は間を空けなかった。

「審議官は関係ありません。今回は探偵稼業の自分への依頼なので、審議官に報告する義務はなく、竹内と松尾が手伝っていることも話していません。あなたがどこから二人の情報を得られたのか知りませんが、彼らも審議官に話していないと断言します」

「審議官を庇《かば》っているわけではないだろうな」

「どういう意味ですか。自分の依頼主と審議官がつながっているとの疑念ですか」

「うっ」

声にならない声が洩れ、橋本が顎を引いた。

玲人は畳みかけた。

「信義ということでは依頼主にもあります。どうしても疑念を持たれるのであれば、依頼主の中川さんと、自分の上司の審議官に直接お確かめください」

「その必要はない」

橋本が苦虫を嚙み潰したような顔で言った。

「しかし、君が妙な動きをすれば、先生に累《るい》が及ぶ恐れがある」

橋本のもの言いが元に戻った。

「自分への依頼は山西さんの警護で、それ以上でも以下でもありません。竹内と松尾を使っているのは仕事をまっとうするための必要な措置《そち》とご理解ください」

「先生に迷惑が及んだ場合は……わかっているな」

「はい。いかようになされても結構です」

橋本がひと睨みして、椅子に背を預けた。

玲人は肩の力をぬいた。

五日ぶりに自宅で晩飯を食べた。米を炊き、缶詰の鯖《さば》の味噌煮とコンビニで買った野菜サラダをおかずにした。

洗い物を済ませ、麦茶を手に縁側に座った。

午後八時になっても蒸し蒸しする。

庭に顔をむけていても、なにも見ていなかった。

ぼうっとしているつもりなのに、頭が勝手に動いている。

それでもSP時代のように神経が張り詰めているわけではない。

──先生は土曜の午前中に退院し、その日は自宅で静養される。日曜は静岡から奥さんと娘さんが来られるので予定は入れていない。君の仕事は月曜からだな──

きのうの別れ際に、橋本がそう言った。

自宅の周辺を監視しなくていいのですか、との問いは、必要ないと返された。

きょうは、昼間に官邸を訪ね、前田に面会を求めた。

予約なしの訪問だったが、前田は三十分空けてくれた。

玲人は、中川の依頼を受けたこと、小太郎と莉子に協力させていることを話したあと、きのうの橋本とのやりとりを簡潔に教えた。

それが依頼主への信義に背《そむ》くことはわかっているが、かといって、前田に迷惑をかけるわけにもいかないので、事実のみを報告しておきたかった。前田も玲人の訪問の意図を察したようで、依頼の経緯や仕事の内容と成果を訊くことはなかった。

前田の表情や口ぶりに神経をむけていたが、いつもとおなじだった。

それが逆に、玲人をおちつかない気分にさせている。

塀のむこうから靴音が聞こえた。

視線を門へむけたとたんに小太郎が姿を見せた。


仕事場に入るなり、上着を脱ぎ、ネクタイをはずした。

シャツの襟《えり》は汗でよれていた。

小太郎が麦茶を飲んで息をつき、点けたばかりのエアコンを睨むように見た。

玲人は、自分が短パンとTシャツなので、申し訳ない気分になった。

「ご苦労さん。晩飯は済ませたのか」

「蒲田駅前の中華屋で坦々麺《タンタンめん》と餃子《ぎょうざ》と麻婆丼《マーボーどん》を食べました」

汗をかく料理ばかりである。

玲人はあきれ、ばからしくなった。

銀座から莉子に電話したあと、小太郎には、橋本の監視を中断し、NPO法人〈TPPを考える会〉の矢野淳也の情報収集を急ぐよう指示した。

玲人が静岡にいた二日間、小太郎は矢野を尾行していたという。

「矢野の動きを報告してくれ」

小太郎が手帳を開いた。

「おとといの十九日ですが、矢野は夕方まで四谷左門《よつやさもん》の自宅マンションに……自分は朝の八時に着いたので在宅しているのか不安だったのですが……午後六時十五分に外出し、タクシーで歌舞伎町《かぶきちょう》へむかいました。喫茶店で和服の女と会い、小料理屋で食事したあと二人でバーに入り、一時間ほどいてほかの店に移り、十二時過ぎにその店の女と……」

「つまり、遊び歩いていたわけだな」

玲人は報告をさえぎるように言った。

話すほうもうんざりだと思うが、聞くほうも疲れる。

「二軒の店をからかい客のふりをして覗いたのですが、矢野はどちらも一人で遊んでいました。午前二時に二人目の女の部屋に入ったところで尾行をやめました」

「いまも矢野は独り暮らしなのか」

「そのようです。マンションの住人に話を聞いたのですが、矢野が女を連れているところを見た者はなく、部屋に女がいる気配もないそうです」

「きのうは」

「前日が外泊だったのか不明なので、昼すぎから西新橋にある事務所の近くで見張りながら、周辺で聴き込みを行ないました」

小太郎の声が元気になった。

玲人は黙ってあとの言葉を待った。

「五、六坪の事務所に大小のデスクがひとつずつ、矢野のほか、四十年配の女がいると……出前に行く蕎麦屋の店員の話で、おなじフロアにある税理士事務所の人によれば、矢野と女以外の出入りはほとんど見かけないそうです」

「事業内容は」

「NPO法人設立の趣旨は、TPPをわかりやすく国民に知らしめること、TPP参加国の動向を調査し、報告することなのですが、これまでの活動報告書にそれらしい記述はありませんでした」

「活動していないのか」

「これが活動のすべてのようなものです」

そう言って、リュックから小冊子をとりだした。

表紙に、特定非営利活動法人・TPPを考える会　近況報告　第六号　とある。

「簡単に言ってしまえば、季刊誌〈リアル政経〉の改訂版ですね」

裏を見た。

定価四五〇円（税込み）と記してある。

「これを企業や団体に売ってるのか」

「はい。企業はNPO法人に寄付もしています」

なるほどな。

玲人は胸でつぶやいた。

一九九八年に施行された特定非営利活動促進法は、営利を目的としないとしながらも、組織を運営するために必要な収益をあげることは認めている。ザル法といわれる所以《ゆえん》で、裏社会の連中が悪用しているといううわさが絶えない。

「前年度の収支報告書では、一般寄付による収入が突出しています」

「一般寄付……個人か」

「表むきだと思います。NPO法人とはいえ、代表は元総会屋です。おこりうる面倒を想定して個人名での寄付にしたのでしょう。ちなみに、冊子購読や寄付を行なっているのはTPP反対を鮮明にしている企業や団体ばかりです」

玲人は麦茶で間を空けてから訊いた。

「岸本マミの身内の現況は知れたか」

「はい。母の加世は三年前に心不全で死亡し、マミの二歳上の姉の美恵《みえ》は、姓を滝川《たきがわ》に変え、銀行員の夫と娘の三人で国分寺《こくぶんじ》に住んでいます」

「平和か」

「そのようで……近隣住民の評判はよかったです」

玲人はソファにもたれ、煙草をふかした。

小太郎がじっと見つめている。

「なにか言いたいことがあるのか」

「どうして八年前の関係者を……」

「気になるからだ」

「勘ですか」

「そんなものは持ち合わせていない。しかし、体験した事実がある。俺に警護を依頼してきた者も、警護対象者も八年前の出来事の当事者だ。脅迫との関連性の有無がはっきりするまで気になってあたりまえだろう」

すこしむきになった。

八年前の出来事が警察官を辞める端緒《たんしょ》になった。

その事実を胸の底に沈めて生きてきた。

胸中を掻《か》き回されたのか、自分で掻き回したのか。

どちらにしても穏やかとはいえない気分である。

どうして中川は自分に依頼したのか。

疑念の真ん中にそれが在る。

小太郎の眉が八の字になり、瞳が動かなくなった。

考え込むとそうなる。

その顔を見て、玲人は橋本とのやりとりを思いだした。小太郎が来たら真先に訊くつもりだったのに失念していた。それほど八年前の出来事にこだわっている。

玲人は、ソファから背を離した。

「ところで、おまえは平和か」

「えっ」

「きのう、橋本がおまえの名を口にした」

「……」

小太郎があんぐりとした。

「莉子の名もでた」

そう言って、橋本の話を聞かせた。

話しているうちに小太郎の顔が強張《こわば》った。おどろきと憤《いきどお》りがまじっていた。

「上司に手招きされてないのか」

「そうされる覚えはありません。いまやっているのは通常任務です。玲人さんのことは伏せ、多少の脚色をしているとはいえ、上司には報告しています」

「山西や橋本の名をだしているのか」

「はい。同僚も参院選候補と目される者の身辺調査を行なっているので、上司に咎《とが》められる理由がありません」

「部署内の誰かが山西もしくは橋本に情報を流したわけか」

「それしか考えられません」

「ややこしいな」

「はあ」

「依頼主の中川は古巣を動かしたようなことをにおわせ、橋本は歯に衣着《きぬき》せぬもの言いで警察組織とパイプがあると印象づけた」

小太郎がうなだれかけ、思い直したように顔をあげた。

「自分のことはご心配なく。この先もお手伝いさせていただきます。が、莉子さんは心配です。前田審議官の立場もありますので」

「審議官には、きょうの昼間、正直に話した」

「審議官はなんと」

「君の飯のタネを奪うような野暮なまねはしないと言われた」

「莉子さんのことは」

「調査対象者が参院選の候補者であれば通常任務の範囲ということでごまかせるが、念のために、手立ては打っておくと……」

玲人は声を切った。

前田と面談して感じたことまで口にするのは己の流儀に反する。

白人と黒人が減り、褐色の肌の人が増えた。

リーマンショックが街の風景を変えたのか。

玲人は、ひさしぶりに六本木《ろっぽんぎ》を歩きながらそんなふうに思った。

時刻は午前一時を過ぎている。

それでも金曜の夜の六本木は賑わっている。若者の行列も見た。人気のクラブに入るのに順番待ちしているという。

「ここよ」

ならんで歩く明穂《あきほ》が雑居ビルの袖看板を指さした。

銀座のクラブを経営する明穂は藤本栄蔵の娘である。幼なじみだが、大人になってからは顔を合わせる機会がなかった。明穂が銀行勤めを辞めて夜の銀座で働きだしたと知ったのはずっと先、主がいなくなった実家に戻ったあとである。再会した明穂の顔に子どものころの面影《おもかげ》はなく、明穂に声をかけられ、隣家の娘とわかった。

以来、たまの土日に食事やドライブをたのしむ仲になった。

それしきのことで、手を握ることもなく三年が過ぎている。

単衣《ひとえ》の袂《たもと》がめくれ、白い肌が露《あらわ》になった。

玲人はドキッとした。

一時間前に明穂が電話をよこしたときは心臓が音を立てた。

——玲人さん、いまどこ——

語尾がはねた。くぐもった声だが、苛立ちがまじっているように感じた。

玲人は、家だよ、とやさしく応えた。

――遊んで。行きたいところがあるの――

午前零《れい》時になるところだった。

タクシーを飛ばしても銀座まで三十分以上かかる。

そのことを言おうとしたら、明穂の声が届いた。

――六本木で待ち合わせしましょう。一時で、どう――

否も応もない。電話する前からそう決めていたようなもの言いだった。

玲人は急いで着替え、髭《ひげ》を剃《そ》ってからでかけたのだった。

若者が屯《たむろ》する六本木ロアビルから六本木交差点のほうへむかう右側の雑居ビルに、明穂が行きたい店はあった。

入口で二千円の入場料を払い、店内に足を踏み入れた。

左右に座席の高いベンチシート、奥に五人掛けのカウンターがあるだけの、何の変哲《へんてつ》もない異国風の酒場だった。

けれど、なにかが違う。客か。そう思い、目を左右にふった。

二十人ほどの先客の大半は円形テーブルを囲んで立っていた。どの席も男ひとりに、女が二、三人というふうで、男たちは風貌と肌の色から中近東の人と察しがつくが、女のほうは国籍も年齢も見当がつかなかった。

「ここにしようよ」

明穂があかるい声で言い、玲人を残してカウンターにむかった。

財布をだすのが見え、ほどなく、ちいさなペットボトルを手に戻って来た。片方の手にプラスチックのようなものがある。

褐色男がビアグラスをふたつ運んできたあと、別の男がガラス容器を円形テーブルに載せた。フラスコの首を伸ばしたようなガラスの器に管がついている。

男がなれた手つきでその上部をさわりだした。

玲人はじっと見つめた。

「シーシャ……」

明穂が耳元で言ったがよく聞こえなかった。

店内はヒップホップ・ミュージックであふれている。

明穂が身体を寄せる。

「水タバコ……玲人さん、初めて」

「うん」

「国によって呼び方が違うみたいだけど、ここはシーシャって言ってる」

「葉巻のようなものか」

明穂が寄せたほうの肩をすぼめた。

どうやら違うようだ。

準備をおえたのか、男が管の先を明穂にむけた。

明穂が先っぽに透明なプラスチックのキャップを挿した。

何度か喫い、白い煙を吐き、親指と人差し指で円をつくり、男に示した。

玲人は心配になった。

明穂は気管支が弱く、煙草は喫わないと聞いていた。

店でよほどいやなことがあったのか。

思いがひろがりかけた。

「はい」

明穂がキャップを替え、玲人に渡した。

「肺に入れちゃだめ」

明穂が声を張ったときはもう遅かった。

玲人は咳《せ》き込んだ。頭がくらくらゆれた。

「ごめんね」

言いながら、目が笑っていた。

悪戯に成功したような顔に見えた。

玲人はビールを呑んだ。

明穂がまたキャップをくわえる。

立て続けに煙を吐いた。

玲人は心配を通り越し、呆れ顔でその仕種を見た。

どうしたんだ。

声にならなかった。

気配を察したのか、明穂の瞳が端に寄ったが、すぐ元に戻した。

入口のほうから声がした。

「おお、大原」

視線をやった先に、元同僚の後藤俊幸が立っていた。白人と黒人の女を連れている。どちらも長身の真ん中だけをボディコンキャミワンピースで隠している。

後藤が笑顔で近づいてきた。

連れの二人はウエイターに案内され、奥の席へむかった。

後藤がテーブルの向こう側に立ち、明穂をちらっと見てから口をひらいた。

「生きてたのか」

「まあな。おまえは、いまどこにいる」

「ここだ」

後藤が右手の親指を下にむけた。

「麻布《あざぶ》署か」

「ああ。警備課長……きょうは某大使館のパーティに招かれた」

麻布署管内には大使館が多くある。フランスにドイツ、日本とは領土でぎくしゃくした関係が続くロシア、中国、韓国の大使館もある。大バコと称される所轄署だが、とくに警備課は重要な部署と位置づけられている。

玲人は連れの二人のほうを見た。

ワンピースの裾《すそ》がめくれるほど身体をくねらせ、ステップを踏んでいる。

「けど、遅い出世だ。誰かさんは国会議員……」

後藤が片目をつむり、言葉をたした。

「おまえ、損な男だな。なにもせずに襟章の星が増えたのに」

「重いだろう」

「はあ」

後藤が間のぬけた声を発し、視線をずらした。

明穂は気づかぬふりして煙と遊んでいる。

「邪魔したな」

後藤が踵《きびす》を返した。

「フランス大使館かな」

明穂が耳元で言った。

「どうして……」

「黒人のほう、センスがいいもん」

「アフリカの大使館かも……」

声を切った。

どうでもいいことだ。明穂の表情がそういう気分にさせた。

「そうかもしれないね」

明穂がにっこりし、トイレに立った。

戻ってくるまでのあいだ、玲人は見るとはなしに後藤らを眺めていた。

黒人が後藤に身体をくっつけ何やら話しかけ、白い歯をきらめかせた。

後藤が黒人の腰を抱いた。

これでようやく関係者が出揃った。
そんな感慨がめばえた。

5

玲人は、衆議院第一議員会館の正面玄関にある金属探知ゲートをくぐった。

ロビーにはスーツ姿の男が十名ほどいた。国政選挙間近になると議員の多くが週末を地元で過ごすので、土曜の昼下がりにしては意外な光景だった。

今回は参議院議員選挙ということもあるのだろうが、世情には民和党圧勝の雰囲気が蔓《まん》延《えん》しているので、与党も野党も盛りあがりに欠けているのかとも思った。

受付で書面に書き込み、訪問先の許可を得てもらった入館証を改札機にかざした。

二〇一〇年に新館ができてからセキュリティがきびしくなった。

それと対照的に、訪問先のドアは開いていた。

「こんにちは」

女事務員の元気な声が飛んできた。

前室にいる事務員や秘書は見知っている。

左奥の部屋に案内された。それもいつもおなじで、玲人は手前の応接室ではなく、議員の個室にとおされる。

「おひさしぶりです」

玲人は姿勢を正して言った。

ソファにいる稲村が書類をテーブルに置き、眼鏡《めがね》をはずしてから顔をあげた。

目元が笑っている。

「待ちくたびれたか。それとも、きのう夜遊びが過ぎたか」

「そんなにくたびれた顔をしていますか」

すこしくだけた口調になった。

稲村の穏やかな顔に接すると、つい神経が弛む。

それに、稲村が言ったことは二つとも的《まと》を射ていた。昨夜は明穂の気分にまかせて空が白むまで遊んだので、監視されているのかと疑《うたぐ》りたくなるほどだった。

「疲れる連中を相手にしているのだから息抜きも必要だろう」

「ご存知なのですか」

「おとといから、ひまをとらされているそうだな」

そういうことか。

玲人は胸でつぶやき、苦笑を洩らした。

長い縁で、土曜日に議員会館に呼ばれたのは初めてだった。そのうえ、疲れる連中と複数で言ったのも神経にふれた。

稲村はどこまで知っているのだろう。

昼前に電話をもらったときから引き摺っている疑念だ。

「自分の依頼主からお聞きになったのですか」

「そんなところだ」

稲村がさらりと返した。

言いおえるや、質問を受けつけないような隙のない顔になった。

六十二歳とは思えない肌艶《はだつや》の良さだが、ちいさな顔には無数の皺がある。

玲人には皺の一つひとつが修羅場《しゅらば》を潜りぬけた証《あかし》のように思う。

なにかが動きだした。

稲村の真顔にはそう感じさせるものがある。

玲人は背筋を伸ばした。

「どうしてもお訊ねしたいことがあります」

「なにかね」

「脅迫文は存在するのですか」

「疑っているのか」

「気になっています。自分に依頼した背景も……党費のむだ遣いとは申しませんが、依頼主のお役に立てる仕事をしている実感はありません」

「そのもの言い……中川への不信をふくんでいるようだな」

「否定はしません。警護した日は報告書をファックスで送っているのですが、返信のないことのほうが多く……脅迫に対して危機感を持っておられるのなら、そのために自分に依頼されたのなら、呼び出しがあって当然かと思います」

本音を吐露《とろ》したのは稲村への信頼もあるが、稲村と中川の関係が不透明で、今回の依頼に稲村がどう関与しているのか読めないからだ。

中川に依頼されたときのやりとりは鮮明に覚えている。

――警察に知らせたのですか――

――それはできない。山西さんの比例上位は党の決定事項で、参院選公示日は三週間後に迫っている。事件性の有無がわからぬ現状で、しかも、ご本人があっけらかんとしているのに、面倒事にするのは避けるべき……というのが選対本部の結論だ――

――しかし、あなたは憂慮されている――

――憂慮というほどではないが、事がおきてからではとり返しのつかないことになる。

心配の芽は早く摘んでおくのがわたしの信条だ——

中川は、選対本部の結論と口にし、舌の根の乾かぬうちに、わたしの信条と言った。

自分への依頼はどちらによるものなのか。

それがきょうはっきりすると思ってここへ来たのだが、稲村はその点について曖昧な言い回しをしている。

「らくな仕事もたまにはいいではないか」

「本音ですか」

「ん」

稲村がとぼけたような顔を見せた。

玲人は苛立ちを抑えきれなくなった。

「中川さんは自分に依頼することを先生に告げるかどうか迷っていると言われました。しかし、自分は真に受けていません」

「わたしに相談のうえ……いや、わたしの指示によるものと思ったのか」

「どれも推察の域を越えられず、いまもわかりません」

「いずれわかるさ」

稲村の目が光った。

「初めの質問に戻します。党本部と山西さんの下に脅迫文が届いたのですね」

「内閣官房にもな」

「えっ」

思わず声が洩れた。

同時に、前田審議官の顔がうかんだ。

稲村が話を続ける。

「官房長官の菅野《すがの》は、ただちに山西を呼び、事情を訊いた。山西は、おなじ内容の脅迫文が東京の事務所にも届いていると告白したうえで、選挙前にはよくある妨害《ぼうがい》行為で、自分にやましいことはなにひとつないと言い切ったそうだ」

「先生は官房長官から報告を受けたのですか」

稲村がゆっくり首をふった。

「その席には選対委員長の上原が同席していた。菅野は小心者で、官邸内のことが党に洩れるのさえいやがるほどだが、さすがに選対本部は無視できなかった……というより、万が一の場合を想定し、責任を回避しようとしたのだろう」

「そのあと、官房長官は部下に具体的な指示をだしたのですか」

「だしていれば、前田が君に連絡したと思うが」

「そうですね」

玲人は力なく応えた。

あらたな疑念がめばえた。中川の話とはずれがある。

――山西貞次郎の出馬を止めさせろと……三日前のことで、山西さんに心あたりの有無を訊ねたところ、自分の事務所にも届いていると……あっけらかんと言われた――

山西との面談は菅野が先なのか、それとも中川が早かったのか。

菅野が先なら、稲村は腹心の上原から報告を受けたことになり、中川は選対本部の結論をふまえたうえで山西に会い、自分への依頼を決断したと推察できる。

玲人は、重くなりかける口をひらいた。

「その後、脅迫は続いているのですか」

「どこにも届いていない」

「変ですね」

「たしかに……だが、そのほうがかえって恐ろしい。恐怖心を植えつけておいて、沈黙する……不気味だ」

脛《すね》に疵持つ者にはということでしょう。

玲人は、その言葉を胸に留め、別の疑念をぶつけた。

「党と選対本部はどう対応されているのですか」

「静観している」

稲村が躊躇《ちゆうちよ》なく言った。

「自分への依頼に関与していないと受けとっていいのですか」

「なにを気にしている。責任所在をあきらかにしてほしいのか」

「はい」

「くだらん」

稲村がにべもなく言い放った。

玲人は黙った。正確には黙らされた。

稲村を前にして感情的になっている。

それを窘《たしな》められたような気分だ。

「ところで」

稲村がいつもの、余裕のある口調に戻した。

「山西はおびえているふうに見えるか」

「まったく、そうは感じません」

「番頭の橋本は」

「神経をとがらせています。しかし、それがどこをむいているものなのか……」
語尾を沈めた。
窘められたばかりなのに余分なひと言を言ってしまった。
稲村が頬を弛めた。
「おびえているのは、君のほうか」
さらに表情が弛んだ。
玲人は顔をしかめた。
稲村は八年前の出来事を知っている。
退官の意思を伝えたとき、玲人はありのままを話した。
そのとき稲村は、質問せず、意見も言わず、ただ翻意を促す言葉を口にした。
――くだらんことを気にするな――
それに反発し、感情をむきだしにした。
――急病とはいえ、人の死にかかわったのです――
稲村は言い返さずに、じっと玲人を見つめていた。
あれは慈愛のまなざしだった。
そう思ったのは退官し、自宅の庭でのんびりする時間が増えてからのことだ。

稲村はどうして自分を呼びつけたのか。

議員会館から家に帰るまでのあいだ、それが頭から離れなかった。乗り換えの電車を間違え、人にぶつかって転び、老女に大丈夫かと声をかけられた。

それほど頭はひとつのことに集中したのだが、稲村とのやりとりを反芻《はんすう》しても明確な答えは見つからなかった。

――おびえているのは、君のほうか――

そう言われたとき、自分でもおどろくほど狼狽《ろうばい》した。

ひさしぶりに中川の顔を見た瞬間から、八年前の出来事を意識するようになった。

心の疵が癒《い》えていないのは自覚していた。

しかし、おびえているとは一瞬たりとも思ったことがなかった。

――くだらんことを気にするな――

――おびえているのは、君のほうか――

ふたつの言葉がかさなっている。

そこから連想することはそう多くないけれど、稲村の真意が読めないでいる。

午後四時前に帰宅すると、見張っていたかのように西村和子があらわれた。なかに入って着替えるのも億劫《おっくう》で、縁側に腰かけた直後だった。

「あら」

和子が声を弾ませ、顔の横で両手をひろげた。

「あんた、スーツ持ってたの」

「一張羅だけど」

玲人は気のない返事をした。

一着しかないわけでも、一番上等のスーツを着ているわけでもない。

和子が前に立ち、しげしげと見つめた。

「趣味が悪いね」

「はあ」

「ネクタイよ。ぼやけた色だから顔が元気なさそうに見える」

玲人は目をぱちくりさせた。

和子に心配されるほど暗い表情をしていたのか。

「行こう」

和子に腕をとられた。

「どこに」

「駅前の洋品店……品数すくないけど、いいもの揃ってる」

「いいよ。もうしばらく着ないし……」

「ついでに焼肉を食べよう。元気でるよ」

「ごめん」

玲人は素直に詫びた。

「客が来るんだ」

「また」

和子が語尾をはねあげた。

「あの若い子……」

「そう」

声がちいさくなった。うそをつくのが下手なのだ。

「用事もあるんだけど……」

和子の声に未練がまじった。

「先日の話かな」

「それよ」

たちまち声が元気になった。

「先方がどうしてもお願いしたいって言うの」

「どんな依頼なの」

「身内の揉め事みたいなんだけど……そう、あしたはどう。わたしも空いてる」

「だめなんだ。来月の五日以降にしてくれないかな」

「二週間も先じゃない」

「いまの仕事がそれくらいかかりそうなんだ」

「仕方ないね」

和子がおおげさに肩をおとした。

そのとき、隣家から声がした。

「玲人さーん。いますか」

栄蔵ではなく、娘の明穂だった。

「いますよ」

応えながらうなだれた。

「どこが若いの」

和子の声音が一変した。

「あの人じゃ……」

「言訳しないの」

怒声にさえぎられた。

「あんな女にたぶらかされるんじゃないよ」

和子がくるりと背をむける。

勢いあまって転びそうになった。

玲人はとっさに腕を伸ばし、和子の身体を支えた。

「さわらないで」

隣家どころか、四方五軒に届きそうな声だった。


「土曜日に急な用を頼んで悪かったな」

玲人は、莉子にやさしく言った。

議員会館をでたところで莉子に電話をかけた。土曜なのを失念していた。

──これから伺ってもよろしいですか──

そう電話があったのは午後七時過ぎのことだった。

そのとき玲人は、栄蔵の家で、明穂が客にもらったという毛ガニを馳走になっていた。

明穂によれば、オホーツク産の毛ガニは六月が美味という。毛ガニは冬だと言い張る栄蔵も食べ始めたら無口になった。

玲人は、また食い逃げになることに気まずさを覚えながらも残さず食べた。

きょうは隣人たちに救われた。

そんな思いが、莉子へのねぎらいの言葉になった。

「わたし、いつだって……台風の日でも平気です」

莉子が真顔で言った。

黒のキャミソールに白と黄の横縞のロングタンクトップ、下はジーンズだった。いつものリュックではなく、布製のバッグを持っている。

「食事は済ませたのか」

「いいえ。報告が済んだら、玲人さんにゴチになるつもりです」

「まかせろ」

玲人は笑顔で返した。

「では」

莉子が声を張り、赤革の手帳を手にした。

「内閣官房に脅迫文が届いたのは六月七日でした。その三日前、民和党選対本部は第一次公認候補の選定をおえ、山西氏の比例上位を内定しています。脅迫文には、山西の公認を取り消し、参院選出馬を断念させろ。もし山西が出馬すれば、ただちに山西のスキャンダルをマスコミ各社にリークすると書いてありました」

「現物を見たのか」

「どこで、ファイルのコピーを」

「どこで、内調には……」

玲人は言葉を濁《にご》した。官房長官の菅野が内閣情報調査室に指示をだしていないというのは、これまでの情報を基にした推測でしかない。

「さいわいにも叔父《おじ》の審議官が官邸に出勤していました」

「なんと」

声がうわずった。

――官邸に脅迫文が届いたという情報を入手した。真偽を確認できるか――

そう言ったが、情報源は教えなかった。

「前田審議官に頼んだのか」

「はい。審議官は、玲人さんの指示かと訊いただけで、あっさり教えてくれました」

幾つかの不安と疑念がめばえたけれど、話を前に進めた。

「菅野はどう動いた」

「脅迫文が届いた日の夜、山西から事情を訊いたようです」

「それも記録に残っているのか」

「行動を記録するのは義務なので……ただし、会談の内容は記されていませんでした。面談の時間と、民和党の上原選対委員長が同席したことが記載されています」

玲人の首が傾いた。

稲村は巧《たく》みにはぐらかしたが、上原の同席は十中八九、稲村の指示、もしくは了承を得てのものだろう。その場合、菅野が稲村に相談したことになる。

腑《ふ》におちないのはそのことではなかった。

——山西貞次郎の出馬を止めさせろと……三日前のことで、山西さんに心あたりの有無を訊ねたところ、自分の事務所にも届いていると……あっけらかんと言われた——

中川の話がほんとうであれば、玲人が中川に呼びだされたのは十三日だから、党本部に脅迫文が届いたのは菅野と山西が面談した三日後ということになる。

その間、稲村や上原は脅迫文の存在を隠し、党本部に脅迫文が届いたあと、選挙対策本部で協議し、マスコミ漏洩を恐れ、面倒事は避けるという結論に至ったのか。

稲村らしくない。

玲人はそう思った。

政界の策士といわれる稲村がみずから手を打たなかったというのは解せない。

やはり、中川からの依頼は稲村の指示によるものではないだろうか。

その推測がふくらみかけたとき、莉子の声がした。

「官房長官はどうしてその時点で、内調に指示しなかったのでしょうね」

「さあな」

玲人はさらりと返した。

――菅野は小心者で、官邸内のことが党に洩れるのさえいやがるほどだが、さすがに選対本部は無視できなかった――

稲村の推察はあたっているとしても、それを話すつもりはない。

「審議官は脅迫文が届いたのをいつ知った」

「官邸に届く郵便物や宅配便は警備員の立ち会いの下、事務職員がチェックするのですが、封書を開いた職員が上司に相談したうえで審議官に手渡し、それを官房長官に……」

「そのときの様子……審議官は話してくれたか」

言う間に別の疑念がめばえた。

官邸に前田を訪ね、中川の依頼を受け、小太郎と莉子の協力を得ていると話したとき、前田は聞き役に徹《てっ》し、いっさい質問しなかった。おどろくそぶりもなく、興味を示すふうでもなく、感情を露出することはなかった。

それを奇異に感じ、神経が波立ったのを覚えている。

「訊いても教えてもらえませんでした」

玲人は頷いた。

そもそも愚問だったのだ。公務に関することは身内であれ他言しないのが鉄則である。しかも、脅迫文は機密事案なのでなおさらだ。

「でも……」

莉子が小声で言った。防音を施《ほどこ》した密室なのに壁の耳を気にするふうだった。

「審議官は、官邸として必要な手を打つべきと進言したそうです。しかし、官邸が拙速《せっそく》な行動をとればのちに禍根《かこん》が残る恐れがあると……まずは山西本人に事情を訊き、調査もしくは捜査の必要があると判断した場合は対策を講じると言われたそうです」

「それで審議官は納得したのか」

莉子が首を左右にふった。

「納得したのかどうかわかりませんが、山西は民和党の比例代表の候補に内定しているので、党本部に報告するのが筋だとも進言したそうです」

「で」

玲人は、稲村の話を胸に隠し、先を促した。

「先ほどお話ししたように、その日の夜、官房長官は赤坂のホテルに山西を呼び、選対委員長と二人、二時間にわたって訊問しています」

「その内容を審議官は知っているのかな」

「党に預けた……官房長官はそれしか言わなかったそうです」

玲人は、稲村とのやりとりを思いおこした。

――そのあと、官房長官は部下に具体的な指示をだしたのですか――

――だしていれば、前田が君に連絡したと思うが――

稲村の話は莉子の報告と合致する。

――万が一の場合を想定し、責任を回避しようとしたのだろう――

稲村の読みどおりなのか。

そう思いながらも、稲村の話を鵜呑《うの》みにはしたがらない自分がいる。

「話を戻すが……脅迫文が届いたのは山西の比例上位を内定した三日後なんだな」

「間違いありません」

「内定はマスコミに公表したのか」

「公式には発表していません。党公認については一次二次と段階的に公表しますが、比例代表は順位づけに絡んで内紛がおきる可能性もあり、さまざまな理由で順位が変わることも、場合によっては取り消すこともあるのでぎりぎりまで公表しないのです」

玲人は思いだした。

ある党が内紛のせいで比例代表の名簿提出が受付〆切に遅れたことがある。

莉子が話を続ける。

「とはいえ、政治記者たちは順位をふくめてあらかた知っていると思います。よほどの隠し玉でないかぎり、比例上位者の予測はしやすく、政治家たちもオフレコの場では記者たちに話しているようです」

衆議院議員選挙でも参議院議員選挙でも、党人は知名度が高いか、組織票を持つ者が上位を占め、大量票を望めるアスリートや芸能人、有識者がいわゆる隠し玉となる。

「政界もしくはマスコミ関係者か」

玲人は自分に言い聞かせるように言った。

「犯人ですか」

「ああ。時間的にほかは考えにくい」

「永田町の情報を入手できる立場で、山西氏に怨みを抱く者の犯行とも考えられます」

「審議官は犯人像について、なにか話してくれたか」

「脅迫文が一回ぽっきりなのを気にされていました。犯人の要求が、公認するな、立候補をやめさせろというのも……ほんとうに山西氏を政界から追放するのが目的であれば、もっと簡単な方法があるはずだとも言われました」

「そのとおりだ。マスコミを利用し、はでにスキャンダルを流せば済む」

「スキャンダル・ネタを握っていないのでは……」

「どうかな」

「玲人さんは、別の目的……隠れている裏があると思われているのですか」

「……」

疑念の重さに耐えながら、首がゆっくり傾いた。

「山西氏本人だけではなく官邸や党本部にも送りつけたのは、その両方から山西氏に圧力をかけさせようとの思惑なのでしょうか」

「わからん」

「でもほかに……ごめんなさい」

莉子が申し訳なさそうに眉をさげた。

「玲人さんは予断を持つのがきらい……」

玲人は手のひらでさえぎった。

「いいんだ。今回にかぎれば、俺の頭のなかは推測だらけ……」

語尾を沈め、苦笑した。

「めずらしいですね」

「審議官もイライラしてるだろうな」

「それが、そうでもなくて……腹を据えて構えているような……すみません。いまのもわたしが勝手に感じたことです」

玲人は目で笑った。

ほほえみで褒《ほ》めた。莉子の鋭い感性にはときどきおどろかされる。

ふと、橋本とのやりとりがうかんだ。

——官邸も関与しているのか——

——内閣官房の前田審議官をさしてのご質問ですか——

御茶の水のホテルの喫茶室で対峙《たいじ》したとき、橋本は、小太郎と莉子の名をあげ、玲人の行動を詰問《きつもん》した。依頼主の中川と官邸の前田との連携を疑っているようにもとれた。

——しかし、君が妙な動きをすれば、先生に累が及ぶ恐れがある——

橋本もおびえているのか。

胸でつぶやいた。

何におびえているのだろう。

推測がふくらみかけたとき、莉子の声がした。

「おなか空きました」

あっけらかんとしたもの言いに頬が弛み、頭も軽くなった。

「なにを食べる」

「玲人さんは食べられたのでしょう」

「まかせろと言ったはずだ」

「あしたから警護を再開するのですか」

玲人は視線をふった。

ファックス専用のような電話はまだ受信していない。

警護二日目からは前夜に予定表が送られてくるようになった。

「変更がなければ月曜からだ」

「お酒も呑めますね」

莉子が目を細めた。

「もうどこへ行くか、決めてるようだな」

「ばれましたか」

莉子が舌を覗かせ、言葉をたした。

「遅い夕食になると思って深夜もやっているイタリア料理のお店を……」

「行くぞ」

玲人は腰をあげた。

「ひゅー」

口笛のような、奇声のような音を背で聞いた。

火曜の朝、玲人は車を停め、きょうの予定表を確認した。

時刻と訪問先が異なるだけで、予定行動はきのうとほとんどおなじである。

赤坂の自宅から平河町の東京事務所へ。一日の始動は変わらない。それが現職の国会議員ではなく、浪人の身である証明のようなものだった。国会が開会中、議員は国会のスケジュールに合わせて行動するので、毎日おなじ行動をとることはない。

午前中の大半を支援者や陳情客との面談に費《つい》やし、午後からは企業や団体への挨拶回りやイベント参加をこなしていく。

議員は体力勝負なのだから、おまえらはもっと身体を鍛《きた》えておけ。

SPになった当初に聞いた先輩の叱咤《しった》は身をもって悟った。

体力勝負の議員はよく食べ、わずかな時間の隙があれば寝る。緊迫した局面でないかぎり国会は休息の場だからあたりまえのように居眠りする。

マンションから橋本があらわれ、玲人の車へ真っ直《まっす》ぐ近づいてきた。

山西のマンションで橋本を見るのは初めてだった。

玲人がそとにでようとすると、橋本は手で制し、助手席に乗ってきた。

「十五分経ったらマンションに入れ」

「えっ。なにかあったのですか」

「ない。が、立花は昼から合流することになった」

「わかりました」

玲人は即答した。

理由を訊く立場にない。訊いてもまともに応えないのはわかっている。

「なにか摑んだか」

「どういう意味ですか」

「脅迫者の影を踏めたか」

「自分は探偵です。捜査権はありません」

「気どるな」

橋本が語気を強めた。

「まだ君の手下があちこちさぐっているそうではないか」

「おなじことのくり返しになりますが、仕事をまっとうするための……」

「建前はいらん。なにを調べている」

玲人は橋本を見据えた。

「あなたは、何におびえておられるのですか」

「おびえる」

語尾がはねた。

「ばかを言うな。おびえる必要などないわ」

「では、自分のことは気になさらないでください。お約束したとおり、山西さんにご迷惑をかけるようなまねは致しません」

「それが本音でも、結果として迷惑が及ぶこともある」

「具体的におっしゃってください」

橋本の眼光が増した。さぐるような、威圧するようなまなざしだった。

だが、もう慣れた。

おばけを何度も見れば恐怖心はなくなり、滑稽《こっけい》に見えてくる。

「竹内と松尾の動きを封じることもできるのだぞ」

「官邸にも警察組織にもパイプがあるという意味ですか」

「パイプだと……笑わせるな。先生は浪人の身だが、いまでも参議院では強い影響力を保持している。そこらの官僚など顎で使えるのだ」

「自分を威すのは筋違いです。お怒りはほかへむけてください」

「ふん」

橋本が鼻を鳴らし、助手席のドアを開けた。

玲人もエンジンを切り、そとにでた。

十数メートル離れたマンションに着く前に、皮膚《ひふ》がべたついた。

鉛色の雲が垂れている。

どうせなら滝のように降ってくれ。

そう怒鳴りたくなるほどの重い空気だ。

赤坂一ツ木《ひとつぎ》通には若者の姿がめだつ。男も女も大半は会社員に見えるが、カジュアルな身なりの者や、女子高校生とおぼしき連中もいた。

経済バブル期までは大人の夜の遊び場だった赤坂もすっかり様変わりした。

もっとも、玲人は華《はな》やかしころの赤坂を知らない。SPの仕事でこの地を訪ねる機会は多くあったけれど、そのころはTBSを核とした再開発の工事が始まっていて、夜の繁華街には凋落《ちょうらく》の翳《かげ》が忍び入るように漂っていた。

「ここです」

立花が言い、格子戸に手をかけた。

一ツ木通を左に折れ、坂路をすこしのぼったところにある小料理屋だった。

十五分ほど前、山西を自宅マンションに送った。午後七時から民和党参議院議員の会食に出席する予定だったが、山西は直前にキャンセルしたという。

帰路の途中、バックミラーに映る山西の表情はふさぎこんでいるように見えた。顔色は冴《さ》えず、終始無言だった。

きょう、玲人は初めて山西を間近で警護した。移動の車では助手席に座り、訪問先では建物内のレストルームや、会談する部屋のドアの傍に立った。

それは、午後一時過ぎに立花が合流したあとも変わらなかった。山西の指示によるものだが、SPに戻ったような感覚があった。

「お帰りなさい」

恰幅《かっぷく》のよい中年女があかるい声を発した。

カウンターが六席、四人掛けのテーブル席が二つのこぢんまりした店で、カウンターに女が二人、奥のテーブル席に男女三人がいた。

「カウンターでいいですか」

立花の声に頷いた。

端に座ると、魚を煮つける甘辛いにおいがした。

女がおしぼりと品書を持ってきた。

「女将さんです」

立花が言った。

女将のほかに女はおらず、板前が二人いる。

「お連れ様と一緒なんて……めずらしいんですよ」

笑顔で言う女将を見て、立花がよろこばれる客だと思った。

玲人は立花に顔をむけた。

「よく来るのか」

「独り者なので……でも、ここは十時前に閉めるのでたまにしか寄れません」

立花は仕事を離れても丁寧なもの言いをする。初めは玲人が年長のせいかと思ったが、静岡でもきょうの訪問先でも、どこで誰と話すときもおなじ口調である。

立花がおしぼりを手にした。

「どうした」

玲人は、立花の右手を見ながら訊いた。

人差し指と中指の付け根が赤く腫れている。

「ドアにぶつけて……」

立花が苦笑し、おしぼりで手を拭った。

「なにを食べられますか」

玲人は品書を見て、アオリイカとウニ、ツブの刺身を頼んだ。

車は朝から山西のマンションの駐車場に停めてある。

――つき合っていただけませんか――

警護をおえて駐車場にむかおうとしたとき、そう耳打ちされた。

意外だったが、ことわる気持にはならなかった。親近感がめばえたわけではなく、なにかをさぐろうという意識が働いたわけでもない。まあいいか。そんな感じだったが、一緒に食事して不愉快になる相手でないのは漠としてわかっていた。

立花がビールで咽を鳴らしたあと、前をむいたまま口をひらいた。

「大変な仕事をされていたのですね」

「昔の稼業……橋本さんに聞いたのか」

立花が首をふり、顔をむけた。

「いいえ。失礼ながら調べました。それも仕事のうちと思っています」

「橋本さんは言わなかった」

「元ＳＰとだけ……」

声音はおなじでも声量が違った。話の内容によって使い分けられるのだ。警備や公安の部署だけでなく、刑事課の捜査員も有能な者ほどそれができる。

自分のことをどこまで調べたのか。

興味が湧いても訊こうとは思わない。

「山西さんの警護をしてるのか」

「いまは……」

板前が付台に二つの器を載せた。

刺身がきたので、ビールから人膚《ひとはだ》の日本酒に替えた。

魚料理を前にすると、季節に関係なく温《ぬる》めの酒をほしくなる。

アオリイカもウニも酒が進む。

立花が鮪《まぐろ》の赤身を食べた。

「わたしは焼津《やいづ》の生まれで、刺身といえば鮪……ガキのころから変わりません」

はにかむように笑った。

変わらないのは食の好みだけではないだろう。

そう思っただけで声にしなかった。

立花が真顔に戻した。

「先生に同行するようになったのは最近なんです」

「つまり、俺が雇われるすこし前から……」

「ええ。それまではほとんど事務所にこもっていました」

「昔とった杵柄《きねづか》かな」

立花が目をまるくし、すぐに笑った。

「当然、わたしのことはご存知ですよね」

「俺も仕事のうちさ」

くだけたもの言いになった。

神経が弛んで行くのがよくわかった。

気を許せる相手というわけではないが、おなじ土俵に立っている安心感はある。

「クビになったのに、ありがたいことです」

玲人は首をかしげた。

二とおりに受けとれる。

立花が言葉をたした。

「かつての仲間ですよ。面倒な頼み事も聞いてくれます」

橋本の声がよみがえった。

──公安総務課の竹内小太郎が先生の周辺をさぐっているとの情報もある──

それに小太郎の報告がかさなる。

──一年半前まで、自分とおなじ部署にいました。彼は静岡県警本部ですが……──

小太郎のことは立花が入手した情報なのか。警察は部署ごとの縄張り意識の強い組織だが、公安部署は例外で、公安事案の情報は地区が異なっても共有している。

玲人は酒をあおり、話題を変えた。

「山西さんにかわいがられているようだな」

「………」

立花が真意をさぐるような目をした。

しかし、神経は反応しなかった。

「あんたを近くに住まわせている」

「わたしがお願いしたのです。なにかあればすぐに駆けつけられるように……先生は独りで住まわれているので」

「ひと筋か」

玲人は独り言のように言ったあと、板前にカレイの煮つけを頼んだ。

もちろん食べたかったからだが、独り言の返事を聞きたくなかったせいもある。

「私立探偵……」

立花も話題を変えた。

「どんなことをするのですか」

「家出の猫捜し、ゴミ屋敷の老女の説得。先日は奥さんの素行調査を依頼されて……その奥さん、独身女の部屋にかよっていた」

「レズビアン……」

「そう。相手は男前の女だった」

「なんて報告したのですか」

「男の影はなかった」

立花が声を立て笑った。

玲人は苦笑した。

「けっこう悩んだんだ」

「失礼。でも、なんとなくわかってきました」

「ん」

「近寄りがたいときと、つい声をかけたくなるとき……で、気になっていました」

「くだらんね」

「そうかもしれませんが、なんとなくうらやましい」

玲人は、立花を見つめた。

「不器用なのか」

「認めます。自分でいやになるときがあります」

玲人は盃《さかずき》をあおった。

そこへカレイの煮つけがきた。立花の前にはイワシの汐《しお》焼きが置かれた。

玲人は箸《はし》に持ち替え、無言で食べた。添え物の牛蒡《ごぼう》と豆腐がすこぶる旨い。

立花の食べ方はきれいで、頭と骨だけが残った。

女将が小鉢を運んできた。

「よろしかったら」

水茄子《みずなす》だった。塩揉みしたもので、刻んだ大葉が載っている。

これも美味で、また手が盃に伸びる。

そのとき、ポケットの携帯電話がふるえた。

小太郎からだ。午後九時半の電話に胸騒ぎがした。

「悪い」

玲人は、立花にひと声かけ、そとにでた。

「どうした」

《矢野淳也が逮捕された模様です》

「おまえはどこにいる」

《桜田門から麻布署へむかう途中です》

「赤坂に寄ってくれ」

玲人は場所を教えて、店に戻った。

立花は頬杖をつき、煙草をくゆらせていた。

一ツ木通で小太郎が運転する車に乗った。

助手席のシートベルトを装着しながら訊いた。

「矢野は麻布署に運ばれたのか」

「そのようです」

「容疑は」

「単純賭博《とばく》と思われます」

「曖昧な言い方だな」

「すみません。自分も頭がこんがらかっていまして……」

小太郎が息をつき、車を発進させた。

「順を追って話せ。おまえは矢野を見張っていたのか」

「そうです。午後六時半に西新橋の事務所をでた矢野は、タクシーで六本木へむかい、ミッドタウンの近くのラーメン屋に入ったあと、路地裏のマンションに消えました。ごく普通の、七階建ての賃貸《ちんたい》マンションで……そのことはさっき確認したのですが……それから三十分と経たないうちに警察車両とパトカーが到着し……十分後には手錠を打たれた六人が車に乗せられました」

「矢野の顔を見たのか」

「はい。なにも被っていませんでした」

「ほかの五人は」

「男三名に女が二人です。女たちは上着をかけられ、黒っぽいベストにスカート……」

「マンション・カジノか」

「そう思いました」

「しかし、妙だな。違法賭博のガサ入れは深夜に踏み込むのが常套《じょうとう》手段だろう」

「内偵捜査のあとはそうなのですが……今回はタレコミがあったとか」

「桜田門に戻って情報を集めたのか」

「はい」

「ガサ入れをかけたのは生活安全課の保安係か」

念のために訊いたのは、違法賭博に暴力団が絡んでいれば組織犯罪対策課の連中が捜査の主導権を握るからである。

「とりあえずは……」

「なんだ、その言い方は」

乱暴な口調になった。

小太郎が歯切れの悪いもの言いをするので神経がささくれだした。

「外事が矢野の取り調べに立ち会っているとの情報があります」

「矢野だけか」

「くわしくは……すみません」

小太郎が泣きそうな声で詫びた。

「うちの課長に労をとってもらい、麻布署警備課の人に話を聞けることになりました」

「後藤……」

声がこぼれでた。

「後藤って誰です」

「麻布署の警備課長だ」

「お知り合いですか」

「八年前のあの日、一緒に警護していた。俺の二年先輩だ」

小太郎が目をひん剝《む》いた。

「予断を持たせたくないので喋った。麻布署では忘れろ」

「そうします」

車は溜池《ためいけ》から六本木へむかっている。

「六本木の交差点で降りる」

「どこかで待たれますか」

「帰る。そのほうがおまえもじっくり話を聞けるだろう」

「あとで連絡します」

「報告は正確な情報を摑んでからでいい」

玲人は交差点を過ぎたところで下車し、ミッドタウンの方向へ歩きだした。

山西のマンションまで歩いて二十分ほどである。

混乱する頭を整理するにはちょうどいい時間だろう。

6

一月二十八日に召集された通常国会は、きょう六月二十六日に閉会する。

国会が閉会するや、改選組の参議院議員は一斉に地元へ飛んで帰る。国政選挙は公示日までに大勢が決するのが常で、各党やマスコミが緻密に分析した選挙予測が覆《くつがえ》るのは、党幹部の致命的な失言やスキャンダルが暴露されたときにかぎる。

玲人は、SP時代にそういうことを学んだ。あるときは、全国を遊説する民和党幹部に同行しているうちに、行く先々の選挙情勢が手にとるようにわかることがあった。

——あすまで時間をください——

昨夜遅く、小太郎からメールがあった。

簡単にいくはずがない。

玲人はそう思っている。

案の定、夕刻近くになってもメールは届かなかった。

きょうはおとといまでのように、距離を空けて山西を警護している。

午後五時過ぎ、山西が挨拶回りから事務所に戻ってすぐのことだった。
橋本から電話がかかってきた。
《ご苦労だった》
「きょうはこれまでということですか」
《中川議員から連絡があった。七時にキャピトル東急の喫茶室に来いとのことだ》
「どうしてあなたに」
《筋をとおしたのだろう》
納得のいく返答ではなかったが、文句を言う筋合いはない。
車を自宅に置きに帰るにはギリギリの時間だ。渋滞《じゅうたい》に巻き込まれる心配もある。
玲人は、日比谷《ひびや》公園の地下にある駐車場に停めることにした。
夕食の時間帯のせいか、喫茶室に客は二組で、静かだった。
入口に近い席に腰をおろした。
神経は凪《な》いでいる。
やっと会える。
橋本から中川の伝言を聞いたとき、そう思った。

山西を警護した日はその夜のうちに報告書をファックスで送った。しかし、報告書の内容で質問されることも、あらたな指示もなかった。それどころか、引き続き頼む、とか、些細《ささい》なことも見逃すな、とか、短い文言がファックスで返ってくるだけで、電話で話すことは一度もなかった。

そのことを疑問に感じても、自分から連絡しようとは思わなかった。仕事を誠実に努《つと》める。

それが玲人の根っこだ。根がゆるがなければ、すくなくとも己を見失うことはない。玲人が予断を持たないのは己の根への信頼の証でもある。

十数分が過ぎて、中川があらわれた。

「待たせたな」

中川がソファに背を預けて足を組んだ。

余裕の仕種はおなじでも、上官だったころの柔和な表情は消えている。

玲人は、再会の日に、この喫茶室で聞いた言葉を思いだした。

――わたしは稲村先生の下で修業の身だ。当選一期の、それも議員になった直後に党選挙対策本部へ配属されたのは先生のお声がかりによるものだ――

あのとき、背に悪寒《おかん》が走り、心が冷えた。

「いいえ」

玲人は短く返し、つぎの言葉を待った。

「ご苦労だった。君への依頼はきょうまでとする」

中川が早口で言い、近づいてきたウエイトレスに声をかけた。

「コーヒーを」

「ブレンドでよろしいですか」

「ああ。それと、ケーキ……いや、よそう。太りぎみだからな」

ウエイトレスがほほえんでから背をむけた。

中川が間を空けようとしたのはあきらかだった。

「党か選対本部の意向ですか」

「ん」

中川が眉根を寄せた。

「なにを言っている。君への依頼はわたしの独断……そう言ったではないか」

「たしかにお聞きしました。ですが、あのとき、あなたは稲村さんに相談するかどうか迷っておられた。それで、お訊ねしたのです」

「君は、稲村先生に会ったのか」

「はい」

「君が面談を求めたのか。それとも、呼ばれたのか」

「呼ばれました」

「なにを言われた」

「お応えできません」

「隠すな。わたしは、君に山西さんの警護を依頼したと先生に報告してある」

「背景はどうであれ、稲村さんの許可なく話すのは信義に反します」

「あいかわらずの堅物だな」

中川が憮然として言い、肘掛けに身を寄せた。

「まあ、いい。もう君の顔を見ることはないだろう」

「最後に、もう一度お訊ねします。自分に依頼された理由を教えてください」

「君がうかんだ。議員になったあと、君と稲村先生の関係や、君が内閣官房の調査官になっているのを聞いていたせいか、記憶に残っていた。党と選対は、しばらく静観する方針を決めたが、わたしは不安だった。だから、独自の判断で、ある部署に情報収集を要請し、君には山西さんの警護を依頼した。さらにつけ加えれば、君には借りが……辞職しなければとっくに返せていたが……いやな思いをさせてしまった」

つけ加えてくれなくて結構です。

そう怒鳴りたい衝動を我慢《がまん》し、残る質問をぶつけた。

「急遽、自分への依頼を取り消される理由も教えていただけませんか」

「急遽ではない。状況次第で変更はあると言ったはずだ。わたしは当初からきょうをひとつのメドと考えていた」

「国会の閉幕……国会で槍玉に挙げられる心配は消えた。そういうことですか」

「勝手に想像しなさい」

「私の解雇は党も選対本部も了承済みなのですか」

「どうして訊く。ふくむところがあるのか」

「失礼ながら、あなた個人の判断の枠は超えていると思います」

「なんだと」

中川が声を荒らげた。

ちいさな顔は見る見る赤くなった。

「脅迫文は内閣官房にも届いたそうですね」

「それがどうした」

「自分への依頼は、すくなくとも選対本部には報告されたのではありませんか」

「そんな質問は受けつけん。君は、たかが傭兵だ」

「わかりました。ご依頼、ありがとうございました」

玲人は立ちあがって頭をさげた。

中川が目をぱちくりとし、なにか言いかけた。

声になる前に、玲人は踵を返した。


ラウンジの窓際の席で小太郎がうつむいている。

雨に煙る新宿の夜景が目に入らないような、むずかしい顔をしていた。

玲人は声をかけずに座った。

小太郎があわてて顔をあげた。

「気づかずにすみません」

「ややこしそうだな」

「釈然としないことばかりで……」

「ゆっくり聞こう。今夜から閑人《ひまじん》だからな」

玲人は笑って言い、ウエイトレスにスコッチの水割りを頼んだ。

小太郎のグラスにつく水滴がキャンドルライトに光っている。

「早く着いたのか」

「新宿駅の近くで晩飯をとるつもりだったのですが……」

「おまえにも食欲がないときがあるのか」

「人間ですから」

むきになっても声に力がなかった。

きのうはあまり寝ていないのか、目の下に隈ができている。

昨夜のメールで小太郎が難儀しているのは察した。きょうの昼に電話をよこしたがでられず、橋本の電話のあと、西新宿のホテルで会うことを決めたのだった。

小太郎が思いだしたように目を見開いた。

「閑人とはどういうことです」

「クビになった。さっき依頼主に呼ばれ、直《じか》に告げられた」

「どうして急に……まさか、矢野の件と関係が……」

「先を急ぐな」

玲人はいさめるように言い、グラスを傾けた。

「順を追って話せ。きのう、麻布署で誰と話した」

「警備課外事の内川《うちかわ》警部補です」

「面識は」

「初対面でした。でも、以前にうちの課長の下にいたことがあるそうです」

「警備課長の後藤に会ったか」

「いいえ。署に入るとすぐ内川警部補に声をかけられ、近くのバーへ行きました」

小太郎がひと息ついて言葉をたした。

「話がこんがらかりそうなので、矢野の件はあとにし、外事の話をします。玲人さんはアザリア共和国をご存知ですか」

「アフリカの……」

「二十八年前にフランス領から独立した小国です」

「そのアザリアがどうした」

「外事が内偵捜査を行なっていました。容疑は大使館内での賭博行為です」

「カジノ……まだそんなことをやっているのか」

玲人はあきれた。

経済バブル最盛期のことだ。歌舞伎町や六本木、赤坂などの繁華街に雨後の筍《たけのこ》のごとくカジノ・バーが出現した。アミューズメント・スペースを謳《うた》っていたものの、ほとんどは裏で換金を行なう賭博場だった。

それからほどなく、アフリカのK大使館の敷地内でカジノ賭博が行なわれているといううわさが流れ、一部の週刊誌がそれを記事にした。

記事は単発に留まった。官邸が圧力をかけたのだ。

うわさが流れたときはすでに、警視庁公安部は内偵捜査をおえ、証拠を固めていた。麻布署幹部が賄賂《わいろ》にまみれて黙視している事実も摑んでいた。

玲人が入庁する以前のことで、その話は酒の席で上官に聞いた。

「矢野淳也は監視対象者のひとりで、だから、保安係の取り調べに立ち会ったと」

「内偵捜査のことは後藤も知っているよな」

「はい。立ち会いについては後藤課長が生活安全課の課長に話をつけたそうです」

玲人は口をまるめて息を飛ばした。

「矢野逮捕の件に移ります」

小太郎が承諾を求めるような目をしたので、玲人は頷いて見せた。

「やはり麻布署生活安全課にタレコミ電話がありました。電話を受けた保安係の者は、午後八時前だったので、いたずら電話か同業のいやがらせと思ったそうですが、名の売れた芸能人もいると言われ……これは内川警部補の話で、確認はとれていません」

玲人は疑わなかった。

マンションなどを利用した違法賭博は午前零時前後が最も賑やかになる。裏カジノは客の絶対数がすくないので、なんでもありの潰し合いをする。所轄署の連中は点数稼ぎに飢《う》えているので賭博客に芸能人がいると言われれば俄然《がぜん》やる気がでる。

小太郎が続ける。

「八時四十三分、保安係の五名は地域課の応援を得て六本木七丁目のマンションに臨場。居住者の抵抗もなく、従業員三名と客の三名を現行犯逮捕しました」

「バカラ賭博か」

「はい。二十五畳の洋間には大小のバカラ卓が各一台あり、ちいさい卓のほうで二人の客が遊んでいました」

「矢野も」

「いいえ。矢野は、隣室で店長と称する男と話をしていたそうです」

それでも逮捕はできる。賭場にいるだけで犯罪者とみなされるのだ。

「矢野はそこの常連なのか」

「それなのです」

小太郎が身を乗りだした。

「矢野は、店長から電話で相談があると言われ現場へ行ったと言い、他方、店長は、電話をかけたのは事実だが、勧誘だったと供述しています」

「どっちにしても二人は旧知の仲だった」

「はい。店長はおなじ賭博開帳図利罪で新宿署に逮捕された犯歴があります」

「雇われ店長のプロか」

風俗営業店や違法賭博を行なう店では必ず、法的責任を被る役目の者が存在する。

「その裏カジノの経営者は暴力団か」

「保安係はそう確信していますが、店長は自前の店と言い張り、まだ実質的な経営者の特定には至っていません」

「捜査員の、矢野の心証はどうだ」

「あまり執着していないようで、けさからは外事の捜査員が聴取しています」

「点数にならないからな。ところで、芸能人はいたのか」

「現場にはいませんでした。しかし、従業員のひとりが売り出し中のお笑い芸人の名を口にしたので、いまウラをとっているようです」

玲人は興味を覚えなかった。

捜査員にとっての金星は暴力団が関与している場合で、それも、指定暴力団の幹部が実質的な経営者であれば表彰され、昇格の判断材料となる。

「内川警部補の話では、店長はもちろん、矢野も勾留《こうりゅう》延期が濃厚だそうです」

「当然だな」

玲人はさらりと言った。

容疑を否認しているうえ、外事の監視対象者なのだ。外事にしてみれば、別件逮捕と非難されることもなく、公安事案で矢野を訊問できる。

民間人の単純賭博は一泊二日、略式起訴で済まされるが、賭博開帳図利罪の容疑者は素直に供述しても十日間の勾留申請がなされる。

矢野と店長は最低でも十日の勾留延長が認められるだろう。

小太郎の話を聞いているうちに、玲人は日にちが気になりだした。

矢野逮捕は六月二十五日の午後八時四十五分ごろで、二十四時間後に勾留申請が許可されたとして、七月五日に勾留期限が切れる。

参院選公示日の翌日である。

玲人の解雇も通常国会閉幕の直後に告げられた。

偶然では済まされないようなタイミングである。

「玲人さん」

小太郎の声に、逸れていた視線を戻した。

「自分はどうしましょう。内川警部補との接触を続けますか」

「もういい。後藤と内川の仲は不明なんだろう」

「調べてみましょうか」

「むりするな。藪蛇《やぶへび》になる恐れもある」

「やはり、玲人さんは八年前の……いえ、すみません。よけいなことでした」

「気を使うな。気にしている自覚はある。ただし、それが今回の一連の事案に結びつくのかどうか、現時点では予測もできん」

小太郎の顔が険しくなった。

玲人が解雇されても自分は手伝いを続けると主張している顔つきだった。

「行くぞ」

「どちらへ」

「おまえの記憶力がどの程度か確かめてやる」

玲人はグラスをひと息に空けた。

ひさしぶりに北上した梅雨前線も東京では本降りにはならず、かといって止みそうな気配もなく、夜の歌舞伎町をしっとり濡らしていた。

ＪＲ新宿駅周辺の地下は駅にむかう通路だけが混雑し、靖国《やすくに》通で路上にでたときは若者の姿が目につき、スーツ姿の男はすくなかった。

桜《さくら》通を花道《はなみち》通へ歩き、花道通を右折したところで、小太郎が足を止めた。

袖看板を見あげる。

「このビルの四階の、夕月《ゆうづき》という店です」

矢野が食事をした女と入った店である。

せまいエレベータであがり、夕月の扉を開けた。

いきなり、女たちの笑い声が鼓膜をふるわせた。

左側の席に二人の男と三人の女がいた。

ベンチシートにはそのひと組で、カウンターに男と女がならんでいる。

玲人はカウンター奥の席を選んだ。

「いらっしゃいませ」

バーテンダーがおしぼりを差しだした。

歳は三十半ばか。長髪に頬の半分が隠れている。瘦《や》せて暗い感じの男に見えたが、笑った顔には愛嬌《あいきょう》があった。

「初めてなんだ」

「どなたかのご紹介ですか。場所柄、一見《いちげん》のお客様はお見えにならないのです」

「紹介されたわけではないが、歌舞伎町は右も左もわからなくて……通りがかりに矢野という人に聞いた店の名を思いだしてね」

「矢野淳也さんですか」

バーテンダーの目が動いた。

「いらっしゃいませ」

背に女の声がした。

ふりむく前に和服の女が傍らに立った。

小太郎が目で合図した。

「矢野さんにはお世話になっています」

丸顔の中年女が丁寧なもの言いをした。

「そうですか。これもなにかの縁なのでボトルを……」

玲人は棚をざっと見渡し、言葉をたした。

「山崎の十二年をください」

「ありがとうございます」

中年女が頭をさげ、カウンターのなかに入った。

名刺を渡された。

バー・夕月　ママ　長瀬正美《ながせまさみ》　とある。

玲人よりすこし歳上か。鼠《ねず》色の単衣に、白い花が咲いている。

「梔子《くちなし》かな」

花の図鑑を見るのは子どものころからの趣味だが、あまり自信がなかった。

「そう」

正美の顔がほころんだ。

「雨がおちていたから、梔子がいいかなと思って……でも、うれしい。ちかごろは着物の話をしてくれる方がすくなくなって」

「俺もくわしくはない。花には興味があるが」

「わたしも……いまの時期だと、花橘《はなたちばな》とか……」

「品があるよな」

「ええ、とても……よろしかったらお名刺をいただけませんか」

「あいにく持ってなくて……工藤《くどう》です。こっちは同僚の松尾《まつお》と言います」

玲人は小太郎の肩に手をあてた。

うしろの席はあいかわらず賑やかだ。というより、喧《やかま》しい。その席の女たちはワンピースを着て、日本語を喋っているけれど、たどたどしく聞こえる。

カウンターの端にいる女は日本人に見える。

正美と乾杯した。

「矢野さんはよく来るの」

「思いだしては覗いていただくような……でも、かれこれ七年になりますか」

「出版社を経営されていたころだね」

「えっ、ええ……」

正美の顔にとまどいの色がひろがった。

相手を不安にさせ、疑られるのはこまる。

「七年前ならぎりぎりかな。いまはNPO法人の代表をされている」

「ええ」

笑顔が戻った。

「矢野さんとは古いおつき合いなのですか」

「縁は長くなった。滅多に会わないが」

「そうですか。こんど一緒にいらしてください」

「機会があれば」

玲人はそつなく返した。

「おとなしい方なんですね」

正美が小太郎をちらっと見て言った。

玲人は顔の前で手のひらをふった。

「酔えばはしゃぐさ」

「そうなんですか。では若い子……」

正美がふりむこうとした。

「今度ゆっくり……これから行くところがあるんだ」

「あら」

正美が残念そうな顔をした。

うしろの席でカラオケが始まった。

五十年配の男がＡＫＢ48の曲を歌いだし、それに女たちが乗った。

玲人は、それを潮時に席を立った。

「パンダの小屋に入れられた気分です」

小太郎が周囲を見渡しながら言った。

細長いビルの最上階のバーに入ると、蝶ネクタイの男に優子《ゆうこ》さんのお連れ様ですかと聞かれ、ガラス壁の向こう側に案内された。

ベランダに白と青のストライプのテントが張られている。

中央に白のテーブルと三脚の椅子、それを囲むように観葉植物を配してある。

「俺たちは人気者じゃない」

「そうですね」

小太郎がガラスの壁を見て笑った。

フロアには二人のバーテンダーがいるだけだ。

優子は、小太郎が矢野を尾行したさいに目撃した二人目の女である。

夕月をでたあと、区役所通沿いのクラブに入った。店内は活気があり、二十数名いるホステスも粒が揃っていた。

小太郎は源氏名を知らなかったが顔を覚えていて、席に呼ぶことができた。

一見の客のふりをしてしばらく遊び、頃合を見て優子の耳元でささやいた。

――矢野淳也のことで訊きたいことがあるんだ――

刑事を意識させるように言った。

一瞬目を見開いたものの、優子はすぐに表情を戻した。

――お店がおわってからにして――

小声で言い、そのあとは何事もなかったかのようにふるまった。

バーテンダーがドリンクを運んできた。玲人がシングルモルトのオンザロック、小太郎はスコッチの水割りで、サイコロ角のサラミが添えられた。

小太郎がひと口呑んでから口をひらいた。

「最初のお店では、あまり矢野の話をしなかったですね」

「あのママは矢野のことにくわしくない」

「えっ。どうして……七年の客だと……」

「矢野の昔の稼業を知らない。それに、矢野のボトルが見あたらなかった」

三段の棚には客の名を記した飾りが吊るされ、どの段も二列にならんでいた。常連客なら手前に置くはずで、しかも、矢野が行ったのは数日前だから、ボトルをキープしてあれば手前にあるのが普通である。

「代わりに、愛田のボトルがあった」

「ほんとうですか」

小太郎がうろたえた。

「真ん中の段の中央に……山崎の二十一年だった」

「上客というわけですか」

「おまえの勘があたったかもな」

玲人はにこりとし、グラスをかたむけた。

――愛田という線も考えられます――

矢野が公安関係者の情報屋になったと聞き、誰の、と訊ねたときの返事である。

あのとき、玲人は時期的にむりがあると感じた。

しかし、夕月にあったボトルは小太郎の推測を後押しした。

小太郎が照れるように手を頭にのせた。

「それにしても、どうして真先に歌舞伎町なのですか」

質問の意図はわかった。摘発された裏カジノの現場周辺やアザリア大使館に関する聴き込みを優先しないのか疑問なのだ。

アザリア共和国の駐日大使館は元麻布のマンションの一階にある。新興国や小国の大使館の多くは民間マンションのフロアを借りている。

「麻布署の管内でうろつきたくない」

「むこうの捜査員とバッティングするからですか」

「外事の内川の話……俺は真に受けていない」

「ええっ」

小太郎が頓狂な声を発し、目を白黒させた。

その直後、優子がやってきた。

店で着ていた赤いドレスのままだ。

見栄《みば》えのする顔立ちは場所を移っても光質が変わってもおなじだった。三十代後半か。肌には熟れる直前のような艶がある。

椅子に座るなり足を組み、細い煙草をくわえた。

「食べてもいい」

語尾がはねた。

「ここの餃子、おいしいのよ」

「へえ」

今度は玲人がおどろいた。

夜の繁華街のダイニング・バーは洋食、それも圧倒的にイタリア料理が多いと聞く。

「ここは中華料理があるのですか」

小太郎の瞳が輝いた。

「簡単なものばかりだけど、台湾料理だから味付けがさっぱりしてるの」

優子がガラスにむかって手招きした。

ふりむくと、客席の半分が埋まっていた。ほとんどが女どうしである。どこかに隠れていたのか、若いウエイターとウエイトレスが動きまわっている。

蒸し鶏とクラゲとピータンの前菜、餃子と春巻、空心菜炒《いた》めを注文した。

優子が白い咽をさらしてビールを呑んだ。

「麻布署の刑事さんなの」

「桜田門だ」

玲人はさらりと返した。

小太郎が機敏《きびん》に反応し、警察手帳を見せた。

優子が目を見張った。

「たかが博奕《ばくち》なのに……」

「どうして知ってる」

六本木の裏カジノ摘発はテレビのニュースにならなかったと莉子に聞いた。

「出勤前に弁護士さんから連絡があって……それなら刑事さんが訪ねて来ると覚悟していたんだけど、お店に来てくれるなんて、おしゃれだわ」

「そういうのもおしゃれと言うのか」

「もちろん。おカネを使ってくれる人は皆、おしゃれ」

「矢野は」

「知ってるんでしょう。もう十年の腐れ縁よ」

「腐れ縁なのか」

「噛み合わないの。あの人、羽振りが良かったり、悪かったり……わたしもさ、こんなお仕事だから波があって……そろそろ別れ時かなと思ってるとあの人がだめになって、その逆もあったりして……十年経ってしまったわ」

「惚《ほ》れてるんだろう」

それしかうかばなかった。玲人には男と女の機微《きび》というものがよくわからない。恋もしたし、結婚したい相手もいた。しかし、それを伝えられなかった。いや、伝えようとしたのだが、伝わらなかった。警視庁にいたころは仕事にかまけていたせいもある。

だから、優子の話を聞きながら、素直な恋だと思った。

「矢野の仕事は知ってるわけか」

「出会ったときは落ち目になりかけてた。総会屋が企業から相手にされなくなったころで……あの人、荒れていたんだけど、それが何となく気になって……ほっとするようなやさしさもあったし……のろけになっちゃった」

優子がさみしそうに笑った。

テーブルに前菜が載った。時間をおかず、餃子と春巻も来た。

優子と小太郎が箸を動かす。

玲人は、ザーサイを肴《さかな》にロックを呑みながら待った。

湿っぽい話をしたあとなのに、優子の食欲は小太郎に負けていなかった。

優子がハンカチでくちびるを押さえた。

小太郎が満足の息をついた。

玲人は、三杯目のオンザロックを頼んで、優子を見据えた。

この女は惚れた男のすべてを丸のみして生きている。

そう思うと、なんでも応えてくれそうな気がした。

「愛田って男を知ってるか」

「ああ……」

声がでるのにすこし時間がかかった。

「新宿署の偉いさんね。いやなタイプだった。お連れの人には偉そうに言って、となりに座るホステスには猫なで声でしつこく迫って……異動のあと店に来なくなってほっとした。一度もおカネを払ったことがないのよ。矢野以外の連れがいるときはその連れの人が払ったけど、ひとりや矢野と二人のときは店が気を遣って……」

そんな話は掃いて捨てるほどある。所轄署の幹部や、飲食店や風俗などを担当する生活安全課の連中の一部は場所代を要求する暴力団より始末が悪い。

「愛田が新宿署を離れたあとも二人は会っていたのか」

「たまに……電話で話すのも聞いたことある」

「最後はいつ」

「ひと月ほど前、ひさしぶりに二人でお店に来て、なんだか上機嫌だった」

「どっちが」

「愛田よ」

「そのあと、電話はあったか」

優子が首をふった。

「でも、ちょっと気になったのは、それからあと、矢野が家に泊まる回数が減って、面倒をかかえたんじゃないかと……」

「そのこと、本人に訊いたのか」

「訊かない。意味ないもん」

どういう意味なのか、玲人にはわからなかった。

空心菜の炒め物が来たとき、優子がマンゴーを、小太郎は杏仁豆腐を注文した。

文句はない。その分、話を長く聞ける。

「矢野はカジノに嵌《はま》ってるのか」

「そんなことないと思う。わたし、何度かマンション・カジノに連れられて行ったけど、熱くなることはなかったし、遊ぶ時間も短かった」

「遠藤克己《えんどうかつみ》……」

玲人の目配せに小太郎が反応し、ポケットから写真をとりだした。

「この男を見たことはあるか」

優子が手にとった。

「マンション・カジノにいた男に似ているけど……自信ないわ」

「いつごろの記憶かな」

「ずいぶん前よ」

「矢野から外国の大使館の話を聞いたことは」

「なに、それ」

優子の声が弾んだ。目がまるくなった。

わざとらしくは見えず、うそっぽくも感じなかった。

玲人は質問を続けた。

「矢野と最後に会ったのはいつかな」

「おととい、わたしの家に泊まったわ」

「店にも来たのか」

優子が顔を左右にふる。にわかに表情が沈んだ。

「深夜の二時を過ぎて、電話もなく……怪我してたから、びっくりした」

「あっ」

小太郎が声を発した。

「忘れてました……」

「あとにしろ」

玲人は小太郎を制し、優子を見据えた。

「なにがあった」

優子がまた顔をふった。

「酒の席で喧嘩《けんか》になったとしか……くちびるが切れて、こめかみに痣《あざ》ができてた。寝返り打つのもつらそうだったから、ほかにも……やっぱり面倒をかかえてたのよ。あの人、ややこしい話は隠すけど、わたしにはわかるの」

「それも訊かなかったのか」

「訊いたわ。なにも教えてくれなかったんだけど、しばらく経ってから、旅にでようかなって……独り言みたいに言ったわ」

「それだけか」

「うん」

「どうして。心配だろう」

優子がまっすぐ目をむけた。

瞳が澄《す》んでいた。顔のなかでそこだけが違うように感じた。

7

内閣官房審議官の前田が黙々と食べている。

約束の正午に家を訪ねてきた前田は、玲人の仕事場に入るなり、テーブルに持参の折箱二つを置き、箸を手にした。

官邸での昼食会議に用意した松花堂弁当だという。

玲人は、お茶を飲みながらそれを眺めていた。

前田が折箱を空にした。

「食べないのか」

「あとでいただきます。さっき、遅い朝飯を……」

「うそをつくな。閑人に戻って、酒を呑みすぎたんだろう」

「ご推察のとおりです」

クラブホステスの優子は長っ尻だった。

よく食べ、よく呑み、そして、矢野のことをよく喋った。

惚れた男の話を聞いてもらいたいのだろう。

そんなふうに思い、愚痴とも惚気《のろけ》とも違う男と女の話を肴に、酒を呑み続けた。

いつの間にか観葉植物のむこうが白んでいた。

家に帰っても眠れず、居間のソファで水割りを呑んでいるうち意識がなくなった。電話の音で目が覚めた。午前十一時になろうとしていた。

電話の主が眼前にいる。

「あまり時間がないから用件を言う」

前田の顔が引き締まった。

「仕事だ」

「はい」

そう来ると思っていた。その予測は中川に依頼を取り消された瞬間に頭をよぎり、前田の電話で予測は確信に変わった。

「アザリア大使館のカジノ疑惑の真相をさぐれ」

「おかしな指令ですね。公安部から情報があがってないのですか」

「君のほうこそ、おかしな質問をするな」

言われて読めた。

警視庁公安部はアザリア大使館への内偵捜査の詳細を官邸に報告していないのだ。カジノ疑惑の背景に裏があるのか。それとも、公安部が官邸や外務省からの政治的配慮による圧力を警戒しているのか。

どっちにしても玲人にはどうでもよかった。

頭にうかんだ別の推察が声になった。

「建前ですか」

「そうだ」

前田が平然と応えた。

「その後、脅迫は」

「ない。だが、参院選公示日まで残り一週間……万全を期したい」

「官房長官の指示ですか」

「どうして訊く」

「失礼しました。忘れてください」

「そうはいかん。言ってみろ。なにを気にしている」

玲人はためらいを捨て、臍下に力をこめた。

「結果責任です」

前田の目が刃先のように光った。

「君の上司は、わたしだ」

「わかりました。ひとつ、お訊ねしたいことがあります」

「なんだ」

「中川議員が衆院選に立候補した背景を教えてください」

強い口調になった。

前田が目元に笑みを走らせた。

「それが根っこか」

「はい」

迷いなく応えた。たとえ根っこの意味がずれていてもわずかだろう。

「警察庁辞職から衆院選まで半年……短い準備期間なのだから、その背景に疑念を抱くのは至極当然だな」

玲人が頷くのを見て、前田が話を続けた。

「中川の辞職はことしの参院選を見据えてのことだった。民和党は、あの時点まで、中川を参院選比例代表として出馬させる予定だった。参院選での警察官僚の出馬は、いわば恒例のことだからな」

民和党にかぎらず、どの政党にとっても、警察組織二十七万人の票は魅力である。関連団体や警察の所管下にある企業や団体を加えれば膨大な組織票となる。

警察も組織の利益と影響力を堅持するために警察出身の議員を増やしたい。

両者の思惑が一致するかぎり、恒例行事は永遠に続く。

それは、各業界団体もおなじことである。

「警察組織が、次期参院選の候補として中川を推挙したのですか」

「根回しをした人物がいる」

「山西ですね」

「そう。三年前の参院選で落選する以前のことだ。そんなに早くからと思うだろうが、参院選は改選と非改選を併せて三年に一度と決まっている。目標の選挙の五年六年前から準備を怠《おこた》らないのが永田町の常識なのだ」

「それなのに鞍《くら》替えしたのですか」

「ひと言で言えば、風に押された。政権を握る新政党の失政と内紛続きで、民和党に追い風が吹きだした。それも、突然の強風で、党も選対本部も正確には票を読みきれないほどだった。去年の九月末ごろから、民和党は比例代表の数を増やすことを検討しはじめ、選対本部で中川を推す声があがったそうだ」

「たしか、警察官僚からの出馬はもうひとりいましたね」

「当選確実の上位にいた。それでも中川を推したんだ。それくらいの追い風だったと言えるのだが、中川の期待値は低く、ボーダーぎりぎりの順位だった」

「中川はそれを認識していたのですか」

「ああ。しかし、打算が働き、勝負にでる気になったのだろう」

「打算とは何ですか」

「自分を党公認に推薦した山西の裏切りが頭にちらついたと思う。山西は、六年間の浪人をきらい、三年後……つまり来月の参院選出馬をめざしていたのだが、二人区の静岡には民和党の改選組候補がいて、調整の難航が予測された。実際、当時の地元県連はどちらを擁立《ようりつ》するかをめぐって真っ二つに割れていたそうだ」

「中川は、山西が比例代表にまわることを恐れたのですね」

「そう思う。去年の後半は民和党に追い風が吹いたが、世論という風は気まぐれだから、半年先の予測はつかない。逆風になれば比例代表の候補枠がすくなくなる」

「その場合、中川にとって比例上位の山西が邪魔な存在になる」

「比例代表の順位はひとつの差が明暗を分ける」

「中川は勝負にでて、勝った」

玲人は念を押すように言った。

前田がしばたたいた。

言葉の意味は伝わった。

玲人はそう受けとった。

前田の関心は、脅迫そのものではなく、その背景にあるのだ。

玲人もおなじで、中川に解雇された時点で頭と心の切り替えはできている。

「具体的な指示はありますか」

「ない。まかせる。ただし、政治的判断が必要なときは指示をあおぎなさい」

「わかりました」

「ほかに訊きたいことは」

「中川が古巣の公安部に脅迫事案の極秘捜査を命じたという情報を得ていますが、耳にされていますか」

「本人がそう言ったのか」

「はい。竹内も、身内の公安総務課の三名が動いているようだと……」

「官邸に報告はない。ほかの方に訊ねてみたらどうだ」

ほかの方が誰を指しているのか考えるまでもない。

「あの方は煙に巻くのがお得意で、とても……」

玲人は顔の前で手をふった。

前田が愉快そうに笑い、口をひらいた。

「なにしろ民和党……いや、政界切っての策士だからね」

「審議官も翻弄《ほんろう》されているのですか」

「ん」

前田が眉間に皺をきざみ、ややあって表情を戻した。

「わたしを相手に駆け引きをするな」

自分への指令に稲村が関与しているのか訊いたのだが、想定内の返答だった。

うまくはぐらかされたが、否定はしなかった。

それで充分だ。否定されなければ、稲村に呼ばれたとき腹蔵なく話ができる。

「ひとつ、お願いがあります。すでに竹内と松尾には手伝ってもらっていますが、今後は自分の補佐役として使わせてください」

「内調と公安部にはそのように要請しておく」

「ありがとうございます」

「退散する」

前田が腰をあげ、ドアにむかいかけて足を止めた。

「疑惑が晴れるのを期待している。たのしみにもしている」

前田が目を細めた。

玲人は返す言葉が見つからなくて、首をかしげた。


前田が使う公用車に同乗させてもらい、皇居の半蔵門《はんぞうもん》の前で降りた。電話で起こされたあと小太郎に連絡し、居場所を聞いていた。小太郎は自分の部署で麻布署の捜査状況をさぐり、矢野に関する情報を集めると言った。

半蔵門公園に入って、煙草をふかした。千代田区内の大半の公園は禁煙になったが、半蔵門公園は数か所に灰皿が設けてある。

濠越しに見る皇居の緑は、きのうの雨のおかげか、まぶしいほどあざやかだった。

空は青く澄み、強い陽射しも戻った。

遊歩道を駆ける人たちの足どりは軽やかに見えた。

近くのベンチで制服姿の女が二人、膝に弁当をのせ、笑顔で食べていた。

午後二時になろうとしている。

空腹を覚え、折箱をそのまま仕事場に置いてきたのを思いだした。

この暑さではもたないだろうな。

前田が食べていた料理を思いうかべ嘆息を洩らした。

煙草が短くなって、小太郎が小走りにやって来た。

桜田門から徒歩で十分とかからない。

濠に臨むベンチにならんで座った。

小太郎がペットボトルの水を飲んでから口をひらいた。

「さすがにきのうは呑みすぎました」

「俺もだ」

「でも、何となくいい酒でした。あの人、玲人さんの人柄に安心したんでしょうね」

「……………」

「警察関係者を相手にあんなに話す人は初めてです」

「たまたま……そんな気分になることがあるんじゃないかな」

「孤独な人なのでしょうか」

「さあな」

玲人はそっけなく返した。

そうは思わない。相手がどうであれ、優子の心には惚れた男が棲《す》んでいる。

「アザリア大使館のカジノ疑惑の件ですが……」

小太郎の声音が硬くなった。

「あれは済んだ事案でした」

「どういうことだ」

「六年前、麻布署の生活安全課が内偵捜査をしたそうです。きっかけは、おととい現行犯逮捕された裏カジノの店長でした。店長の遠藤克己は六年前もおなじ容疑で逮捕されています。その折、生活安全課の保安係はマル暴と連携して背後関係を洗ったようですが、遠藤は略式起訴の罰金刑に処されました」

「裏がありそうだな」

担当部署が確証もなく、予断で他部署と連携するわけがない。

「そのとおりです」

小太郎の目に力がこもった。

「遠藤が保安係の捜査員に取引を持ちかけた。アザリア大使館でカジノ賭博が行なわれていると……かなり詳細に、しかも、客数人の名前を教えていました」

「最低の雇われ店長だな」

賭博場や風俗店の雇われ店長は自分がすべてを被る条件で高額の収入を得ている。

「で、そのことは捜査報告書に記載されていたのか」

「いいえ。のちに書き換えが行なわれた模様です」

「公安部の仕業《しわざ》か」

「すみません」

「おまえが謝るな。公安部の工作は慣れっこだ」

小太郎が肩をすぼめた。

「経済バブルの崩壊と共に裏カジノの数も激減したのですが、ITバブルで復活し、とくに六本木周辺には正確に把握《はあく》しきれないほどのマンション・カジノができたそうで、アザリア大使館もそれに便乗したのでしょう。供述調書には、遠藤も歌舞伎町から六本木に移り、そのとき、アザリア大使館の関係者から客の斡旋《あっせん》を頼まれたと書かれていたとか……公安部が作成した機密文書なのでどこまでほんとうか……」

小太郎がため息をつき、自嘲するように口元をゆがめた。

「官邸に報告するための文書なんだな」

「そうです」

「麻布署が内偵捜査をしている最中か、捜査をおえたあとか」

「あとです」

首がおおきく傾いた。

「自分も疑念を覚えました」

小太郎がきっぱりと言った。

「公安部が独自の判断で麻布署に圧力をかけたなんて考えられません。政治的、外交的判断が求められる事案はなおさらです」

「しかし、報告書を作成する前に官邸が動いた形跡はないんだな」

「はい」

玲人は首を傾けたまま視線を移した。

皇居の緑が濃くなったような気がする。

頭が重くなり、つられて、口も重くなってきた。

推測がふくらむとそうなる。

「それにしても……」

小太郎がつぶやくように言った。

「どうして麻布署はアザリア大使館の件を蒸し返したのでしょうね」

「いまもカジノをやっているのか」

「わかりません」

「勾留延長はどうなった」

「矢野と遠藤が申請され、認められました。延長申請の書面にアザリア大使館の名は記載されておらず、黙秘を続けていること、賭博の常習性が認められ、余罪を追及する必要があることが申請理由になっていました」

「黙秘……」

「ええ。逮捕された直後の供述はきのう報告したとおりなのですが、食い違う供述をしたあと、逮捕事案に関する話はしなくなったそうです」

「アザリア大使館のことは」

「二人とも口にしていません。二人を取り調べた保安係の報告書で確認しました」

「それなのに外事が動いたのか」

「どう考えても変ですよね。しかも、おそらくは外圧で潰された、あぶない事案ですよ。普通、そんな事案に手をだしますか」

小太郎が怒ったように言った。

「猿芝居か……」

ふいにうかんだ言葉が声になった。

「えっ」

「なんでもない」

玲人はまた皇居のほうを見た。

濃緑の杜が黒ずんでいる。

カラスが群れて潜んでいるような、そんな錯覚に陥りかけた。

しばしの沈黙のあと、遠慮ぎみの声がした。

「愛田に関する報告です」

「聞こう」

玲人は前をむいたまま言った。

「新宿署で愛田の部下だった者たちの証言ですが、他所者《よそもの》がいきなり土足であがりこんで来たようなものなので皆が無視したせいもあるだろうが、と前置きしたうえで、当時の愛田は部下を顎でこき使い、外部の者には横柄《おうへい》な態度で……ろくに仕事もせず、管轄下の業者らの接待で遊び歩いていたそうです」

「バー夕月のママとの関係は」

「愛人だったと……当時の部下のひとりが証言しました。愛田を接待していた業者の大半が夕月を使わされたそうです」

「いまは縁が切れてるのか」

「その点については誰もわからないようで……ただ、愛田が新宿署にでむいたときは夕月に顔をだしているようだと」

「お守りか」

「えっ」

「あのボトルさ。縁が切れていようが、業者は気を遣う」

「自分は気が滅入りそうです」

「他人は関係ない。桜の代紋はおまえが磨け」

「はい」

小太郎が顔をほころばせた。

単純と言えばそれまでだが、玲人はそんな笑顔を見ると気持が軽くなる。

「当時の警備課の者は矢野淳也を見知っていたようです。愛田が新宿署に赴任したのと、矢野が公安部の監視リストからはずれたのはほぼおなじ時期なので当然かと思います。ただ、愛田と矢野が遊んでいた事実を知る者はほとんどおらず、ひとりだけ、夕月で一緒にいるところを見たと証言しました」

愛田は矢野との関係を知られたくなかったのだろう。

玲人はそう思った。

つぎの瞬間、忘れていた疑念を思いだした。

「矢野だが、保安係の者は顔の傷のことを訊かなかったのか」

「報告書には一行もありませんでした」

「その報告書、どこで見たんだ」

「けさ、麻布署で……玲人さんの話が頭にあったので内川警部補には話をとおさず、うちの課長の許可を得て、生活安全課に捜査協力をお願いしました」

「取り調べを担当した者と話したのか」

「いいえ。歓迎《かんげい》されたわけではないので……それはわかります。外事が首を突っ込んできただけでも不愉快なのに……すみません。言訳でした」

「その癖、治りそうにないな」

「すみ……」

小太郎が声を切り、頭をかいた。

「もう一度行って来ます」

「やめとけ。つぎは水をぶっかけられる。内川に知れたら、咬みつかれる」

「でも、気になるのでしょう」

「ああ」

「さっき猿芝居と……どういう意味ですか」

玲人は首をふった。

とっさにでた言葉だった。

矢野の怪我がひっかかっている。

赤坂の小料理屋で食事をしたとき、立花の手が赤く腫れていた。

その二つがかさなり声になったのだった。


桜田門に戻るという小太郎と別れ、半蔵門線で大手町《おおてまち》へむかった。

交差点角のオフィスビルに入り、高速エレベータで二十七階にあがった。

喫茶室の、東京駅を見おろす席に腰をおろした。

ほどなく、東洋新聞社の荒井康太がやってきた。

丸顔の真ん中で目が強い光を放っていた。

「忙しいところを悪いな」

「なんの」

荒井が気さくに応え、正面に座った。

玲人は、荒井がドリンクを注文するのを待って声をかけた。

「どんな情勢だ」

「民和党の圧勝だな」

荒井が即答した。

政治部のキャップで、去年から国政選挙取材班を仕切っている。

「そんなに強い風が吹いてるのか」

「風なんて吹いてない」

「はあ」

「無風で、去年の衆院選や先日の都議選と同様に、投票率が低いと読んでいる。そうなれば組織票を持つ党が有利になる」

「突風はおきそうにないのか」

「総理の失言癖がでなければこのままだな」

荒井がアイスコーヒーを飲んでから言葉をたした。

「で、この俺に、どんな頼み事だ」

何でも来い、という顔になった。

それが荒井の気遣いの所作とわかっていても、つい苦笑が洩れた。友といえる唯一の男なのに、自分から連絡するのは頼みがあるときばかりだ。

「三年前の参院選で、静岡の山西が落選したが、その背景を教えてほしい」

「なんだ、それ。なにを調べてる」

「勘弁してくれ」

荒井は自分の裏の肩書を知っているが、任務の中身は教えられない。

「その台詞、聞き飽きた。まあ、いい。落選確定の直後、このわたしが落選するとは世も末だな、とほざいたときはびっくりした。これでつぎはないと思った。その男がどの面《つら》さげて出馬するのか……それこそ世も末だぜ」

荒井のもの言いは外連《けれん》がない。乱暴だが、胸にすっと入る。

「三期連続当選、しかも経産大臣を務めた大物だった。あれは風のせいか」

「三年前は選挙前から新政党に凄まじい風が吹いていた。が、二人区で大臣経験者が落選するとは予想していなかった。どこの新聞社も接戦で勝つと予想したと記憶してる」

「結果の分析はしなかったのか」

「つぎの選挙の資料としてそれはやるのだが、あの捨て台詞だったからな」

「調べてくれないか」

「わかった。用はそれだけか」

「もうひとつある。山西と、衆院議員の中川信一の接点があれば知りたい」

「ほう」

荒井が口をまるめた。どんぐり眼がさらにおおきくなった。

「その言い方、接点があると言ってるようなものだぜ」

「想像にまかせる」

「察するに、蜜月《みつげつ》の仲か……蜜の中身を知りたいんだな」

「……」

荒井の鋭い勘と舌鋒《ぜっぽう》に声がでなかった。

「一からだと時間と手間がかかる。わかっているところまで教えろ」

「中川は来月の参院選に出馬する予定だった……」

荒井が手のひらでさえぎった。

「それはわかってる。去年の秋、民和党は独自の世論調査で手応えを感じ、急遽、間近に迫る衆院選での比例代表の候補者を増やした。そこに中川が滑り込んだ」

思わず笑いがこぼれた。

内閣官房の前田は勝負にでたと言い、荒井は滑り込んだと言う。

当の本人が聞けばどう反応するだろう。

雑念を捨て、口をひらいた。

「参院選出馬の根回しをしたのが山西だった」

「なんと……警察組織からの推薦じゃなかったのか」

玲人は頷き、同時に、迷いを捨てた。

八年前の出来事を話してもいいと思ったが、話せば荒井が予断を持つ。いらぬ気遣いをさせることにもなる。

「よし。俺の得意分野じゃなさそうだが、やれるだけやってみる」

「悪いな」

「気にするな。のどかな選挙は退屈でつまらん」

荒井が片目をつむった。

玲人は目で感謝を伝えた。


翌土曜の昼下がり、玲人はJR新宿駅から歌舞伎町へむかって歩いた。

新宿通も靖国通も人であふれていたが、花道通にさしかかるころには人影が絶え、よごれた猫がよたよたと歩いているだけだった。

容赦ない熱射がなにもかもをさらしている。埃《ほこり》にまみれた看板も、雑居ビルの壁に走る幾つもの皸《ひび》も、残酷なまでにあからさまになっていた。

悪臭が熱に誘われ立ちのぼっている。

玲人は、性欲も削《そ》がれるような色のラブホテル街を過ぎ、職安通《しよくあん》にでた。

その向こう側に、訪ねるマンションがある。

――いいわよ。でも、でかけるのは面倒だから家に来て――

もうすこし話を聞きたいと電話したら、そう返された。

職安通は若者たちが歩いていた。ほとんどが女である。

新宿通から職安通まで、歩いて十五分ほどの間に、まるで異なる三つの風景がある。夜になればそれぞれが色と匂いを変える。

東京はそういう街とわかっていても、玲人にはなじまない。ネオンに隠れた闇を見るほうがずっとましである。

白壁のマンションに入り、エントランスのレターボックスを見た。

七〇一号室に、田中《たなか》優子、とある。

姓名を記してあるのはそれだけだった。大半は姓さえなかった。

しっかり生きているんだ。

ふいに、そんなことを思った。

インターホンでの短いやりとりのあと、七階にあがった。

優子が玄関のドアを半分開けて待っていた。

短パンもタンクトップも黒だった。

素顔でも赤いドレスの優子とわかる。

リビングにとおされた。

ソファはオフホワイトにブルーのストライプが走っている。

優子と呑んだ店が映像になった。

テントとソファの色柄はおなじだが、ほかはなにもかさならなかった。

観葉植物もなければ、壁飾りもない。ペットを飼っている気配もない。

玲人は、テレビの脇のサイドボードに目を留めた。

いろんな形のグラスがならんでいる。陽光が届かず、照明も灯っていないのにどれもきらめいていた。

優子がキッチンから戻って来た。

「これで我慢して」

テーブルに缶ビールとグラスを置き、床に座った。

「換わろうか」

「いいよ」

優子がそっけなく言い、二つのグラスにビールを注ぐ。

ソファは二人掛けなので声をかけたのだが、そのままにした。

「あとは水しかないからね」

「気を遣わんでくれ」

話しているうちに汗が引いた。冷房が効いている。

優子がテーブルに右肘をあてた。

「あの人、いつ出られるの」

「一週間くらい先かな」

「そう」

訊いた割には反応が鈍《にぶ》かった。

「面会に行かないのか」

「うん」

「どうして」

「ここで待ってる。ずっとそうしてきたし……」

「そうか」

ほかに言葉が見つからず、ビールで間を空けた。

「ところで、矢野と十年のつき合いだと言ったよな」

「うん」

「八年前はどうだった」

「えっ」

「矢野の羽振りさ。良かったり悪かったりって言っただろう」

優子が瞳を端に移した。

その先にサイドボードがある。

数秒の間に、表情が微妙に変化した。

記憶をたぐっているのがわかった。

「あれか……」

優子がつぶやいた。

「ん」

優子が指を差した。

「左から四つ目の、グレイのグラス……あの人、気に入ってた」

「どういうことだ」

「あの人、美しいものが好きでさ……よごれた稼業なのに……」

優子が目を細めた。

「すこしまとまったおカネを手にするとグラスを買ってくるのよ」

「…………」

「なんとなくだけど、思いだした」

優子が視線を戻した。

「しばらく飯が食えそうだって……きっとカネヅルを掴んだのね」

「カネヅルの正体は」

優子が顔を左右にふった。

「誰かの名前だけでもうかんでこないか」

「…………」

「山西、橋本、中川、愛田……」

玲人は、ひとりずつ間を空けて言った。

「愛田って新宿署にいた男でしょう」

「ああ。カネヅルをつかんだのと時期がかさなるのか」

「愛田が新宿署にいたのはいつだっけ」

「七年前の春から二年間いた」

「それなら違うね。わたしが愛田に会ったときはもう新宿署で羽振りを利かせてた」

玲人は迷った。頭の片隅に小太郎の報告がある。

――玲人さんが八重洲のホテルで矢野に会った五日後、当時の愛田警部補が銀座で矢野と会食しています。さらに二日後、橋本が矢野と面談したと書いてあります――

それを話すかどうか。

わずかな思案のあと、話さないことにした。優子にも予断を持たせたくない。

「ほかにいないの」

優子の声に力を感じた。興味が湧いてきたようだ。

「後藤、岸本……」

「待って」

優子が声を張った。

「岸本って、女の人じゃない」

「そうだ。岸本マミ」

輝きかけた目が光を失っていく。

玲人の脳裡を閃光が走った。

「岸本加世か」

「そう。女優に似た名前だからしばらく記憶に残ってたの……わたしも字は違うけど有名な女優とおなじ呼び名だから」

「なるほどな。で、岸本加世の名は矢野に聞いたのか」

「会ったのよ」

「えっ」

「たしか梅雨の時期だった……その人が新宿駅近くのホテルに泊まっていて、二日間だったけど、わたしが矢野の代わりに、食事の相手をしたの」

「二人きりで」

「うん」

「どんな話をしたか、思いだしてくれ」

身体が前のめりになった。

優子の顔色がよくなってきた。

「静岡の人よね」

「ああ」

「あのころ、娘さんが亡くなられた」

「そう」

「加世さん、地元の国会議員の先生に会いに来たとか……確かじゃないけど、先生と言ったのは間違いないわ」

「山西と橋本……二人の名は口にしなかったか」

優子が思案顔を見せたあと、首をふった。

「そのころ、矢野が先生と口にしたことは」

「さあ……覚えてない」

「カネヅルはそのあとのことか」

「うん。それも間違いないわ」

玲人はふうっと息をぬき、乾いたくちびるに煙草をはさんだ。

優子も細い煙草をくわえ、立ちあがった。

ペットボトルとグラスを運んできて、グラスに注いだ水をひと息に飲んだ。

玲人は煙草を潰してから声をかけた。

「写真を見せた男……遠藤克己のことだが、あれから思いださなかったか」

「ごめん。いま聞くまで忘れてた」

「マンション・カジノで似た男に会ったのはずいぶん前だと言ったが、おおよそどれくらい前のことかな」

「カジノに行ってたのはITバブルのころ……」

「ちょっと待て。六本木の裏カジノに行ってたのか」

「そうよ」

「矢野と写真の男は親しそうに見えたか」

「どうだったか……」

優子が首をかしげた。

「怪我をしてこの部屋に来たときのことだが、矢野はどんな様子だったか、くわしく話してくれないか」

「様子って」

「怒っていたとか、おびえていたとか……あんたが見て、感じたことさ」

「あの人は根が臆病なのよ。だから突っ張って、そのくせ用心深くて、わたしにも儲《もう》け話を教えないのはそのせいだと思う」

「あんたを巻き込みたくないからかもしれないだろう」

「やさしいのね」

優子の目がつめたく笑った。

「気を遣ってくれなくていいわ。わたし、あの人にやさしさなんて求めてないもん」

「わかった。で、矢野の臆病……その夜は見せなかったのか」

「いつもより無口だった。それくらいかな」

「旅にでるかなって言ったんだよな」

「そう。スコッチのロックを呑みながら、なにか考えているような、ぼうっとしているような……そんな時間が過ぎて……わたしが先に寝るよって声をかけたら、旅にでようかなって……ちょっと気になったけど、寝ちゃった」

「どうして気になった」

「旅なんて初めて聞いたからよ」

「矢野と旅行したことないのか」

「ないよ。浦安《うらやす》のディズニーランドさえ行ったことない」

優子が肩をすぼめた。

玲人はため息をこぼしそうになった。

間近に来るまで莉子とは気づかなかった。

あかるい紺のワンピースを着て、首にオレンジ色の薄いスカーフを巻いている。

ハイヒールを履く莉子を見るのも初めてだった。

「どうした」

とっさに声がでた。

莉子が澄まし顔で正面に座った。

靖国通と新宿通の間にある老舗《しにせ》の喫茶店にいる。

「惚れ直しましたか」

「日本語が間違ってる。俺は、おまえに惚れた覚えはない」

「訂正します。灯台下暗しでした」

「そんなときに使わん。よくそれで国家試験に合格したもんだ」

莉子が笑顔のままウエイトレスにコーヒーを注文した。

玲人は煙草をくゆらせてから声をかけた。

「合コンでもするのか」

「そんなものを頼る男になんか興味ありません」

莉子が強い口調で言い、表情を戻した。

「女子会です。かつての保育士仲間が結婚することになって、皆でお祝いを」

「残るはおまえだけか」

「怒りますよ」

莉子が頬をふくらました。

「結婚する子、六人の仲間のトップバッターなんです」

「へえ」

「あまり時間がないので本題に入ります」

玲人は煙草を消した。

――やっと中川議員の身体検査の報告書を見ました――

そう連絡があったのは昨夜遅くで、きょうの夕方に会う約束をしたのだった。

玲人より先に、莉子が口をひらいた。

「どうして新宿に……わたしは新宿二丁目で遊ぶので好都合でしたが」

「NPO法人代表の矢野淳也の恋人が大久保《おおくぼ》に住んでる」

「……」

莉子が目をぱちくりさせた。

「なんだ」

「恋人だなんて言葉……玲人さんから初めて聞きました」

「脇道に逸れるな」

莉子が舌先を覗かせ、コーヒーを飲んだ。

「報告書は内調が保管していたのか」

「それならとっくに……警視庁公安部にありました」

「そうか」

声が弾んだ。

「衆院選挙がおわるまでは新政党政権だったな」

「そうです。それで、民和党は警察族議員を伝《つて》に、公安部に要請したのです」

「それでよく目にできたな」

「正式に玲人さんの補佐役になれたので……審議官が手をまわしてくれました」

「で、中身は」

「普通の履歴書と大差ありませんでした。出自、生《お》い立ち、警察官僚としての経歴、身内構成と犯歴の有無……どれも問題なしで、当然と言えば当然ですよね。将来の警察族議員なのですから、非や疵があっても報告するわけありません」

それは予測していた。八年前の出来事も記載していないとも思っていた。

「政界人脈はどうだ」

「衆院議員、参院議員とも、ずらり警察族議員が列記されていました」

「山西貞次郎の名は」

「ありません」

「推薦人と聞いたが」

「それは当初予定していた参院選候補のときでしょう」

「それにしても……」

政界人脈に名があってあたりまえと思うが。

あとの言葉は胸に留め、話を前に進めた。

「警察人脈のほかは」

中川の言葉を意識しての質問だった。

――わたしは稲村先生の下で修業の身だ。当選一期の、それも議員になった直後に党選挙対策本部へ配属されたのは先生のお声がかりによるものだ――

あの話が事実として、稲村が何の脈絡もなく中川を重用するとは思えない。

中川のでまかせなのか。

稲村が何らかの意図を持って中川を選対本部に入れたのか。

中川の話は矛盾《むじゅん》点が多く、稲村は言葉巧みにはぐらかすので、判断しかねている。

「誰ひとりとして……玲人さんは気になる人物がいるのですか」

「衆院選に初当選して間もなく党の選対本部に配属された背景が気になる」

小太郎にも莉子にも自分と稲村の関係は伏せてある。内閣官房の前田審議官は二人の縁を知っているが、口にするのさえ神経を遣っているので小太郎らに話すわけがない。

「それは身体検査などの情報収集の面で使い勝手があるからでしょう」

「俺も最初はそう思った。だが、俺への依頼は新人議員の裁量を超えているような気がしてきた。本人は事後承諾を得たと言ったが、俺は鵜呑みにしていない」

「誰かが中川議員に命じた……そう考えておられるのですか」

「まあな」

玲人はそっけなく返した。

誰かではない。そうできるのは稲村ひとりである。玲人は、退官して以降、中川と再会するまで、国会議員と接触したことがなく、議員らにしてみても、非常勤調査官という曖昧な肩書の男に興味を示すはずがないのだ。

「ごめんなさい」

莉子が頭をさげた。

「調べてみましょうかとも言えません」

「わかってるから気にするな」

玲人はつまらぬことを口にしたと後悔した。

内閣情報調査室は情報収集と、情報の精査や分析を主任務とし、そのほかは官邸からの指令に従うだけなので、独自の判断と責任で行動をおこすことはない。まして、政権党内の人事に関する背景をさぐるなどできるわけがない。

「ほかにご指示はありますか」

莉子が気をとり直すように背筋を伸ばした。

「これまでどおり、中川と山西に関する情報を集めろ」

「小太郎さんはなにをしているのですか」

「警察人脈に的を絞らせている」

莉子が表情を崩した。

警察人脈の中身を察したのだ。

8

月が替わった。

空模様も変わり、四日続きの青空は雲に隠れ、気温はあがらず、風があって昼間でもしのぎやすくなった。

六本木ヒルズ近くのカフェにはテラスで休息する人がめだった。

玲人は店内の円形テーブルに座った。

となりの小太郎がぎこちなく肩をまわす。

緊張しているのが手にとるようにわかる。

六本木森タワーの前で待ち合わせ、面談の相手の名を言ったのは店に入る直前だった。

しかも、面談の理由は教えなかった。

教えようがない。出た処勝負なのだ。

ほどなく、上着を手にした後藤俊幸がきょろきょろしながら入ってきた。

玲人を見とめると、しかめ面をつくって近づいてきた。

「何の用だ。このクソ忙しい時間に」
玲人の正面に腰をおろすなり、乱暴な声を発した。
機嫌が悪いのはあきらかだ。
きょうの昼前、麻布署に電話をかけ、後藤につないでもらった。
短い挨拶のあと用件を言った。
──どうしても会って話したいことがある。きょう、時間を空けてもらいたい──
──無茶を言うな。探偵屋のおまえと違って、俺は多忙なんだ──
──ことわれば、官邸から要請がある。それでもいいのか──
──官邸……それはどういうことだ──
──会って話す──
しばしの沈黙のあと、後藤が応諾し、待ち合わせの時刻と場所を告げたのだった。
電話で話してから三時間以上が過ぎた。
その間に後藤がどういう行動をとったか、おおよその見当はつく。
後藤がアイスティを注文するのを待って口をひらいた。
「こういう仕事もしてる」
後藤の前に名刺を置いた。

「ええっ」

後藤が声を洩らし、名刺を見つめた。

内閣官房　調査官　大原玲人、と記した名刺は滅多に使わない。

そもそも極秘の任務が多いので名刺を渡す相手はかぎられる。

名刺に付きも非常勤も省《はぶ》いたのは稲村の発案によるものだった。

後藤が顔をあげ、玲人をしげしげと見た。

「こんな肩書を持っていたのか」

「お世話になってる先輩方は教えてくれなかったのか」

「どういう意味だ」

後藤が声を荒らげ、眉間に皺を刻んだ。

「言うまでもないだろう」

玲人はさらりと返し、言葉をたした。

「用件を言う。これから、矢野淳也と話がしたい」

「ば、ばかを……」

後藤が声を詰まらせながらも続ける。

「たとえ官邸の仕事でも、警察官ではないおまえが……」

「心配いらん」

玲人は力強くさえぎり、小太郎に視線をやった。

「彼が立ち会う。公安部公安総務課の竹内……部下の内川から報告を受けていると思うが、これまでの経緯は充分に把握している」

「官邸だけでなく、公安部の意思でもあるのか」

「そう受けとってもらって結構だ」

「しかし……俺の一存では……」

「誰の許可が要る。矢野の取り調べに内川を立ち会わせたのはあんただと聞いたが」

「それとこれは……」

後藤が顔をゆがめた。

「この話、要望ではない」

「そんな偉そうな……」

後藤の抵抗は迫力を欠いた。

玲人は畳みかけた。

「これから麻布署へ同行する。ただちに必要な手続きをとってもらう」

「無茶な」

後藤の声が裏返った。

「要望に応じるにしてもいろいろ手順がある」

「要望ではないと言ったはずだ」

「わ、わかった。しかし、いますぐはむりだ」

「上司の許可も、桜田門への打診《だしん》も必要ない」

「ほかにも……」

後藤が声を切り、視線を逸らした。

「言うまでもないが、警察族議員は何人もいる」

「うっ」

後藤がのけぞった。

玲人は顔を近づけた。

「言うとおりにしたほうが、あんたのためだ」

言い置き、腰をあげた。

これしかない。

玲人は腹を括っている。

参院選公示日の七月四日を目前にして、任務を完遂《かんすい》する方法はほかにない。

きのう一日家にこもり、熟慮した末の結論である。

けさ起きて、内閣官房の前田審議官の携帯電話を鳴らした。

「肩書を使います」

《相手は》

「麻布署の幹部です」

《目的は》

「拘置《こうち》中の容疑者の訊問です」

《いいだろう。が、建前がいる。公安部の竹内を同行させなさい。ほかは手を打つ》

「ありがとうございます」

相談でも要望でもなく、談判だった。

麻布署では三十分待たされたあと、取調室に案内された。

許容範囲だった。その間に想定することがおきていたのだろう。

だが、後藤が誰に相談し、対策を講じようと、矢野との面談は叶うと信じていた。

――竹内を同行させなさい。ほかは手を打つ――

前田の言葉は心強かった。

官邸は前田を信頼している。新政党が政権を獲った直後に警察庁から出向してきたにもかかわらず、現政権も彼を必要とし、異例の長期赴任となっている。民和党の重鎮、稲村将志の信望が厚いのもわかっている。

玲人は取調室に入った。

正面に矢野の背がある。

右手に外事の内川が立ち、左手のちいさなデスクに制服警察官が座っていた。

玲人は内川に声をかけた。

「立ち会うよう指示されたのか」

「そうです」

「かまわないが、いかなる場面でも声をださないよう」

「それは……」

「警備課長にお伺いを立てるか」

「いいえ。指示に従います」

どうやら後藤に耳打ちされたようだ。

「記録を残さないほうがいいと思うが」

内川がしばたたいたあと、制服警察官にむかって顎をしゃくった。

小太郎が矢野の脇に立ち、内川が制服警察官の代わりに座った。

玲人は、小窓を背に、矢野と正対した。

矢野はおどろいたふうもなく、椅子に背を預け、凄むような目を見せた。

後藤にささやかれたか。

そう感じる態度だが、それも想定内だ。

矢野が前かがみになる。両肘をデスクにあて、薄く笑った。

「あんた、とっくに辞めたんじゃなかったのか」

「ここへは内閣官房の調査官として来た。取り調べではなく、機密事案の調査としておまえを訊問する。それでも筋をとおすために警視庁公安部の者を同行させた」

すかさず小太郎が手帳をかざした。

「公安総務課の竹内です」

「ふん」

矢野が顎をしゃくり、玲人に視線を戻した。

「刑事じゃないあんたに話す義務はねえ」

「いきがるな。いますぐ釈放の手続きをとってもいいんだ。そうなってこまるのはおまえのほうだろう。また怪我をするか、別の容疑で……」

「わかったよ。わかったから早いとこ済ませてくれ」

矢野がまた椅子に身体を預けた。

玲人は、矢野をじらすように間を空けた。

「妙な旅もあるもんだ」

「……」

「旅の土産《みやげ》にしゃれたグラスを買うのか」

「てめえ……」

矢野の頬がふるえた。

玲人はデスクの上で両手を組んだ。

「自分で旅の段取りをしたのか、それとも、飼主の指示か」

「さっきから何の話をしてやがる」

矢野のもの言いは、それが地なのか、強がっているのか、ずっと乱暴だった。

だが、玲人は見おろしていた。

――あの人は根が臆病なのよ。だから突っ張って、そのくせ用心深くて、わたしにも儲け話を教えないのはそのせいだと思う――

頭に優子の言葉が残っている。

「臆病者が身を隠すのにこんな安全な場所はない……そうだよな」

「……」

「ここの警備課はゴミ箱に捨てた事案を蒸し返しておまえを取り調べているようだが、そんなもので逮捕できるわけがない。単なる時間稼ぎなのは見え見えだ」

「……」

矢野が黙っているのは迂闊にものを言えば突っ込まれるからだ。

玲人はそう読んだ。

「おまえのカネヅルはどっち……訊くまでもないか。NPO法人〈TPPを考える会〉の冊子……大半は静岡県内の企業が購読してる。なかでも東海土建が断トツ……寄付も同様に静岡在住者が多いことはわかっている」

「NPO法人への寄付のほとんどは個人名で、小太郎が寄付者の特定を急いでいる。

「いったい、東海土建から幾ら搾《しぼ》りとったんだ」

矢野が思いついたように目を見開いた。

「そうか、あのときの怨みか」

「ん」

「自分だけおいしい思いができなくて……まあ、世のなか、正直者が損をする」

矢野がニッと笑った。

「どうかな」

玲人は平然として言った。

挑発に乗るのは時間の無駄だ。八年前の出来事を意識しているが、関心の対象は警察関係者で、矢野は脇役にすぎない。

笑顔を見せて、言葉をたした。

「おかげで俺は助かった。こうして堂々と訊問できる。虎穴に入ってな」

「勝手にほざいてろ」

矢野がそっぽをむいた。

玲人はかまわず話を続けた。

「立花明弘……東海土建絡みの縁か」

「………」

矢野のこめかみの青筋がふくらんだ。

「その顔の傷、立花にやられたか」

矢野のこめかみとくちびるに赤紫の痣がある。

そうとう痛めつけられたように見える。

「なんて威されたか。死ぬ思いをしたか」

「うるせえ」

矢野が声を張りあげ、両手をデスクに打ち据えた。

「立花なんて刑事は知らん」

「刑事……そうよな。あのころ、立花は静岡県警の警備部にいた」

「……」

矢野がくちびるを嚙み、顔をゆがめた。

「立花は、おまえが図に乗らないよう、東海土建の窓口になっていたそうだな」

それも小太郎が週末に静岡へ行き、東海土建の関係者から証言を得ている。

すべては前田が玲人に発した指令のおかげである。中川の依頼では山西の周辺への接触はむずかしかった。

「どうしてカネヅルを粗末にした」

矢野が面を合わせた。咬みつきそうな形相《ぎょうそう》で、息が乱れている。

玲人は話を先に進めた。

「飼主に命じられたのか。それとも、おまえが悪党の勘で静岡を見切ったか」

玲人は、矢野がみずから口にするまで関係者の名を伏せるつもりでいる。山西の私設秘書の立花は例外で、矢野の恐怖心をあおるためにどうしても使う必要があった。

「おい」

矢野が顎を突きだした。

「飼主とか、静岡とか……何のことかさっぱりわからんぞ」

「何度も言わせるな。これは内閣官房扱いの事案だ」

「ほう」

ほんのすこし矢野の目が弛んで見えた。

「読めたぜ。官邸は臭いものに蓋をする気だな」

「おまえの協力次第かもしれん」

「俺と取引しようとの魂胆か」

「ふざけるな」

玲人は語気を強めた。

「おまえの選択肢は二つにひとつ……俺の訊問に素直に応じるか。桜田門に移って、公安部の本格的な聴取を受けるか。腹を据えて返答しろ」

「煙草、くれ」

矢野がぶっきらぼうに言い、椅子に背を預けた。

小太郎が煙草のパッケージをデスクに置いた。

「一ミリのメンソール……しけた煙草なんざ、喫えるか」

玲人もメビウスの一ミリだ。

内川が腕を伸ばし、ハイライトにライターを添えてデスクに載せた。

それで、内川と矢野の関係が知れた。捜査員は取り調べ中に煙草を与えても、ライターを渡すようなへまはしない。

しかし、そんなことは無視した。

矢野が自分で火をつけ、大量の紫煙を飛ばした。

「さあ、山西のことでも、中川のことでも、何でも聞け」

「さすがは総会屋の生き残り……切り替えが早いな」

「所詮、一匹狼よ」

矢野が嘯《うそぶ》き、首をぐるりとまわした。

玲人はすばやく頭を働かせた。

脅迫の件にはふれずにおこう。

そう決めた。せっかく矢野が話す気になったのだ。臍を曲げさせたくはない。

「中川の情報屋になったのはいつだ」

「情報屋だと」

矢野が語尾をはねあげた。

「笑わせるな。なんで警察の犬にならなきゃならねえんだ」

怒気まじりのもの言いにひらめいた。

「そうか。おまえは警察も威したのか」

「あんたは骨のある警察官だったが、あんたの立派な態度が俺の興味をさらにそそった。なにしろ俺は嗅覚だけで生きていたからな」

「講釈はいい。誰を威した」

「後藤よ。あんたに会った二日後、俺は後藤にたどりついた。あいつ、あんたの相棒が急病で代役をやらされたと……ぼやいてたぜ」

「後藤が山西の名を言ったのか」

「山西だけじゃねえ。あの夜のことは洗いざらい喋った」

「威したな」

「ほんのすこしよ」

「で、中川に掛け合ったのか」

「そうだ」

「どんな話になった」

「言えねえな」

矢野がせせら笑った。

我が身の保障を求めている。

そう思ったが、脇道に逸れるつもりはない。

「愛田にも会ったようだな」

「あいつは中川の伝書鳩《でんしょばと》だった」

玲人は納得した。

中川の依頼を受けた直後の小太郎の報告と照らし合わせながら話している。

――玲人さんが八重洲のホテルで矢野に会った五日後、当時の愛田警部補が銀座で矢野と会食しています。さらに二日後、橋本が矢野と面談したと書いてあります――

辻褄《つじつま》は合う。

矢野は、警察の動きを封じたうえで山西側に接触したのだ。

「おまえは中川と手を組んだ」

「ふん」

矢野が顎をしゃくった。

玲人は腕を伸ばし、矢野の頭髪を摑んだ。

「な、なにしやがる」

矢野が目の玉をひん剝いた。

小太郎も目をまるくした。

「吐け。吐けば相談に乗る」

「ほんとうか」

「俺に賭けるしか道はない。吐かなければ別件で逮捕する」

玲人は、矢野の頭を押すようにして手を離し、姿勢を戻した。

矢野がくちびるを舐め、口をひらいた。

「俺は、警察の対応のまずさを指摘して警察の動きを封じるつもりだったのだが、中川はずる賢い野郎で……山西には自分が話すと……」

「うそをつくな」

声がとがった。

「俺に会った一週間後、おまえは山西の秘書の橋本と面談している」

「したよ。認める。けど、その段取りをつけたのは中川だ」

「おまえは中川と結託し、山西を威したのか」

「結託じゃねえ。互いの利益のために、おなじ獲物《えもの》を共有したのさ。それに、中川が山西を利用するかぎり、俺は中川に護られる」

腐れ外道《げどう》が。

胸で罵った。

神経がささくれた。だが、それも我慢できる。

「中川は愛田と後藤に出世という餌《えさ》を与え、口を封じた……そういうことだな」

「さあな。俺には関係ないことだ」

「愛田が新宿署にいたころ、一緒に遊んでいたじゃないか」

「あれは中川に頼まれたんだ。愛田は調子者だから不始末をやらかし、火の粉が飛んでくるかもしれないと……中川は心配していた」

「後藤はどうだ」

「身のほどを知ってる」

「ここに逃げ込むとき、後藤に相談したのか」

「相談じゃない。鶴のひと声だ」

「中川か」

「ああ。俺が立花に威されたことを話すと、罪状はなんでもいいから麻布署に捕まるようにしろと……あとは俺が後藤に指示すると言った」

「それで、カジノの雇われ店長に声をかけ、芝居を打った」

「そうだ。遠藤の野郎も景気が悪くて、以前、歌舞伎町で俺に助けられた義理もあって、話に乗ったわけよ」

覚悟を決めたあとの矢野は自慢話をするかのようによく喋る。

玲人は煙草でひと息ついた。

どこまで攻めるか。

思案のし処を迎えている。

矢野が声に余裕をにじませた。

「もう、いいのか」

「もうひとつ、訊きたいことがある。それと、相談もある」

「相談だと……この俺に……いいね、聞こうじゃねえか」

矢野の目に力を感じた。

臆病者には違いないが、修羅場を経験したのか、駆け引きの機微は心得ている。

玲人は、そんなふうに感じながら煙草をふかした。

同時に、もうしばらく矢野の口がなめらかでいるのを願った。

麹町ちぢみ屋はきょうも賑わっていた。

東洋新聞社の荒井が通う韓国料理店である。客の八割方は二十代三十代の女たちで、店内は笑顔とあかるい声にあふれていた。

荒井が脇目もふらず奥へ進み、壁に囲まれた狭い空間に入った。

円形テーブルに椅子が三つある。

荒井が好む席らしい。

浅漬けのキムチを肴にビールを呑む。

ちぢみができるのに合わせてマッコリを注文した。

「もう調べたのか」

「退屈だと言っただろう」

荒井が隙だらけの顔になった。

「けど、おまえの頼みはむずかしかった」

「山西と中川の接点か」

「さすがは元警察官僚……情報管理が徹底している。保身の術にも長《た》けてるようだ」

「収穫はなしか」

言ったけれど、そうは思っていない。電話で呼びだし、お気に入りの店を指定したのだから、それなりの情報を入手したはずである。

返事はなかった。

玲人も箸を手にした。

ちぢみを食べ、マッコリを呑む。二人ともそれをくり返す。

しばらくして女将が覗きに来た。食の進み具合が気になるようだ。

「持って帰るから二人前作っといて」

「だめ」

以前にも聞いたやりとりだ。どちらも笑っている。

女将は食べごろにこだわるので、店の品のいっさいを客に持ち帰らせない。それをわかっていて言うのは、荒井の心遣いなのだ。

女将が去るや、荒井は真顔に戻した。

「三年前の参院選で山西が落選したとき、選挙戦終盤に大量のビラがまかれていた」

「山西を誹謗《ひぼう》中傷するビラか」

それしかうかばなかった。

国政選挙の地方区ではよくあることだ。まったくないほうがないといえるくらい、相手候補を貶《おとし》めるビラや怪文書がでまわる。

選挙での中立性を謳うマスコミは、利害が偏《かたよ》らないよう配慮するので、その類のことは報道しない。警察が捜査に乗りだすのは選挙終了後である。

そういう慣例と決め事があるので、ビラや怪文書が頻繁に飛び交う。候補者も関係者も選挙に勝利することが唯一無二の願望なのだ。

衆議院議員選挙でも参議院議員選挙でも、地方区は人の本性が剝きだしになる。

玲人はSPを経験して、それをつぶさに見てきた。

「それが実際どれほど影響したのかわからんが、俺はかなり影響したと思う」

「現物を見たのか」

「ああ。社の資料室に眠っていた。俺は読んで不愉快になった」

荒井がグラス半分のマッコリをひと息に空けた。

「誹謗する側も、される側も、おまえら人間かと、腹が立った」

「下ネタか」

山西の女癖の悪さは莉子も知っていた。

それに、常習化している汚職や賄賂なら荒井が怒気を露にするわけがない。

「ああ。おまえは読むな。精神が壊れる」

荒井が手酌でやり、またグラスを空けた。

そこへ、卓上コンロが届き、鉄板が載った。

女将が真剣な目をして、牛タンを焼きだした。

そうなると黙らざるをえない。

皿に移された肉片はすぐに食べなければ女将の機嫌が悪くなる。

コンロが持ち去られたときはもう、荒井の丸顔に笑みが戻っていた。

「もうひとつ、山西に関して気になる情報がある」

「それもスキャンダルか」

「ああ。けど、下ネタじゃない。政治資金管理団体のカネにまつわる疑惑だ」

「……」

玲人は首をかしげた。

莉子の話と食い違う。

「どうした」

「民和党は、山西を公認する前に身体検査を行なった。調査の結果は、政治資金管理団体のカネの動き、人脈とも問題なしということだった」

「調査が不充分だったとも考えられる」

「どこからの情報だ」

「共進党が情報を摑んで、調査を続けているとのうわさがある」

「参院選を睨んでのことか」

「それはない」

荒井が手のひらをふった。

「最低限の仁義みたいなものか」

「そんなもの、もっとない。実効性の問題だ。民和党圧勝が予想されるなか、比例代表のひとりを攻撃しても大勢に影響はない。選挙期間中はマスコミもまともにとりあげない。選挙のあとの臨時国会……爆弾を仕掛けるとすれば、その冒頭だな。TPPや原発再稼動など、当面の諸問題をかかえる国会で民和党の出鼻をたたく作戦かな」

「共進党の動き……民和党が把握していると思うか」

「すくなくとも選対本部は摑んでいるだろう」

「疑惑の信憑《しんぴょう》性はどうだ」

「なんとも言えん。仲のいい週刊誌のデスクに聞いた話だ。複数のライターが取材に駆けまわっているらしい」

玲人はまた首をかしげたあと、煙草を喫いつけた。

荒井が口をひらいた。

「捨てるのか」

「ん」

「いまの共進党の情報さ」

「ああ。俺の任務と関係なさそうだ。あったとしても時間切れだ」

「そういうことか」

荒井が納得の表情を見せた。

玲人は反応せずに煙と遊んだ。

そうできる友である。

橋本が窓辺に立ち、背をむけていた。

白いシャツのあちらこちらがかすかにふるえている。

玲人は数歩進んで足を止め、その背を見つめた。

「おまえの仕業か」

低い声のあと、橋本がふりむいた。

逆光で表情が読めなかった。

「そとに出ていろ」

ドアロに立つ若者に命じ、橋本がソファに移った。

半蔵門近くのホテルにいる。

玲人は勧められて橋本の正面に座した。

橋本に呼びだされるのは予測していた。

詰問され、罵倒《ばとう》されるのも覚悟していた。

だが、橋本の顔に怒りの色はなかった。

かといって落胆の気配もなく、すべての感情をどこかに置いてきたふうに見える。

「傷害罪での逮捕に間違いはないか」

「はい」

玲人は即座に応えた。

「証拠はあるのか」

「とりあえず、告訴による逮捕です」

「告訴……」

橋本の声に困惑の気配がにじんだ。

「きのう、麻布署に勾留中の矢野淳也が立花明弘を傷害罪で告訴しました」

「そんなことが……たしかに、紙切れ一枚で告訴は可能だが……麻布署に勾留されている者がどうやって新宿署に訴状を提出できるのだ」

「書類は矢野本人が記述し、警察関係者が書類提出の代行を務めました」

「なるほど……そのいっさいに、おまえが関与した」

「はい」

「どうして……いや、矢野の訴状の中身を教えろ」

「ご存知ないのですか」

「立花逮捕の一報を受けたのは四十分前だ。知るわけがない」

橋本から、至急会いたい、と連絡があったのは三十分前のことだ。

その電話を麴町警察署に近いビジネスホテルで受けた。

さらにその一時間前に、小太郎から電話があり、午前七時三十七分、自宅を出た立花を傷害罪で逮捕し、身柄を新宿署に運んだ、との報告を受けた。

そのあと、玲人はシャワーを浴び、身支度を整え、橋本からの電話を待った。

きのう銀座で遊ぼうという荒井の誘いをことわり、予約していたホテルに入ったのはおこりうる事態を想定してのことだった。

「そういうことではなくて、立花本人から報告を……」

「聞いてない」

橋本が乱暴に言った。

玲人は右手で左手の甲をさすった。そうすると気分がらくになる。

「自分が解雇される前日、六月二十五日のことですが、立花は昼から山西さんに同行しましたね。事件はあの前日におきました」

「……」

橋本が口を結び、さぐるようなまなざしをむけた。

ほんとうに知らないと感じた。

知っていようと、問われたことは自分の裁量の範囲で応えると決めている。

玲人は、麻布署での矢野とのやりとりを反芻した。

「相談だと……この俺に……いいね、聞こうじゃねえか」

そう言ったときの矢野の顔には風上に立ったような余裕があった。

それも無視できた。

「六月二十四日、月曜日のことだが、あんたは誰に暴行を受けた」

「立花の野郎よ。わかってるんだろう」

「そのときのことをくわしく聞かせてくれ」

「いいとも」

矢野が煙草を口にした。

玲人がライターを持つと、矢野が顔を寄せた。そのときかすかに指がふるえた。

矢野にとって立花はかなり厄介な存在と想像できた。

「あの日、立花に呼びだされたんだ。愛田を連れて来いとも言われた。で、愛田に相談して午後十時に歌舞伎町の夕月ってバーで待ち合わせることにした」

「愛田の女の店だな」

「昔の女よ。愛田はあぶない場面を考えてあの店にした。元はてめえの島だからな」

「三人揃って何の話をした」

「二人だ。俺と立花……愛田は臆病風を吹かし、ドタキャンしやがった。で、俺ひとりがひどい目に遭っちまったわけよ」

「殴られた理由は」

「それは勘弁しろ」

「わかった。ただし、条件がある」

「……」

矢野の表情が強張った。忘れかけていた警戒心をとり戻したようだ。

「簡単なことさ。立花を傷害罪で告訴しろ」

「はあ」

矢野が頓狂な声を発し、すぐ声を立てて笑った。

「こいつはおもしれえ。いいぜ、やってやる。ただし、俺にも条件がある」

矢野がにやけた顔を近づけた。


そこまで話すあいだ、橋本は黙って聞いていた。

感情がまた隠れた。

玲人は、そんなふうに感じた。

「矢野の条件とはなんだ」

「おわかりでしょう」

「想像したくない。教えろ」

「八年前の出来事はいっさいを不問に付すということです」

「のんだのか」

「はい。自分の任務の範囲外です」

「任務……」

橋本が眼光をとがらせた。

「やはり、官邸の……」

「勘違いなさらないでください」

玲人は語気を強めてさえぎった。

「いまは官邸の指令で動いています。ですが、指令を受けたのは中川さんから解雇されたあとのことです。詳細は申せませんが、脅迫事案が杞憂《きゆう》におわるまで、何事もなく参院選を迎えるまで、万全を期したい……そのような意向でした」

「立花逮捕は官邸の指図か」

「自分の独断です。脅迫事案の背景をさぐるにはそれしかないと判断しました」

「つまり、君は矢野が脅迫に関与していると……」

「返答は控えさせてください。予断を持って行動しているわけではありません」

橋本が息をつき、視線を泳がせた。

頭のなかをいろいろなことが飛び交っているのだろう。

玲人は、橋本の視線が戻るのを待って声をかけた。

「昔話ですが、矢野に危険を感じなかったのですか」

「あの手の連中には慣れている。もっと危険な連中を相手にしたこともある。それでも、崖《がけ》っぷちに立たされたという感覚は一度もなかった。相手には確かな目的があるからな。先生はもちろんのこと、わたしの命を奪うようなまねはしない」

「カネで解決がつく……そういうことですか」

「ハイエナ連中を相手に、きれいな解決方法があれば教えてくれ」

玲人は目をつむった。

一瞬のうちに幾つもの言葉がうかび、めまいがした。

なにを言おうと詮無いことで、任務とは無縁である。

橋本が言葉をたした。

「矢野は総会屋崩れだ。そこらのチンピラとは違う。強請《ゆすり》のさじ加減というか、無茶は言わなかった。それでも用心のために当時は警察官の立花を窓口にしたが」

「あなたと立花の関係はどうでした」

「ん……どうしてそんなことを訊く」

「先週の月曜に立花が矢野に会い、矢野を殴ったことを知らなかったのでしょう」

立花は、歌舞伎町の夕月で小一時間話したあと、路地裏で矢野を痛めつけた。

矢野の証言は、きのう小太郎が現場付近で聴き込み、ウラをとった。

「あいつは先生一途《いちず》で……俺の指示には従っていたが、それとは別に、先生のためなら何でもやる覚悟で行動していた」

「あなたは……」

「わたしも、一生ものの恩義を背負《せお》ってはいる。けれど、欲も抱いている。そこが立花とは違うのだ」

最後のひと言は己に言い聞かせるようだった。

「頼む」

にわかに、橋本の目が熱を帯びた。

玲人は、まばたきせずにその目を見つめた。

「助けてくれ。このとおりだ」

橋本が腰を折った。

額がテーブルにぶつかり、鈍い音がした。

玲人は前のめりになった。

「なにを助けろと」

「告訴をとりさげてほしい」

「むりです」

「それならせめて、立花の起訴を遅らせてほしい」

「三日後の公示日が過ぎるまでという意味ですか」

橋本が顔をあげた。

「そうだ」

玲人はゆっくり首をふった。

もう悪あがきはよされたほうがいいのではありませんか。

そう言うつもりが別の言葉になった。

「自分は内閣官房の調査官です。捜査に口をはさめません。ただ、立花逮捕がマスコミに報じられることはないと思います」

官邸と民和党が参議院議員選挙を見据えて警察に報道規制を強要したと聞いている。

それをあえて話したのは精一杯の気遣いからだった。

――わたしも、一生ものの恩義を背負ってはいる――

虚言であれ、方便であれ、一生ものの恩義という言葉は胸に響いた。

9

群れ建つ高層ビルがゆれていた。

夏の都会はめまいを覚える。歩道を歩く人々のうんざりした顔も、粉塵をまきあげる車も、陽光をはねつけるビルも、気分を滅入らせる。

JR新宿駅から西新宿のシティホテルへむかう途中、玲人は何度も汗を拭《ぬぐ》った。

足元に冷気がまとわりついてホテルの入口に着いたのに気づいた。

ガラス越しに、涼しげな笑顔が幾つもある。

玲人はむきを変え、屋外の喫煙エリアに足を運んだ。

ポケットをさぐっているとき、名を呼ばれた。

視線をやった先、円筒形の灰皿の傍らに小太郎がいた。

上着を脱ぎ、ネクタイを弛めている。シャツは上半分が変色していた。

それでも小太郎は笑顔だった。

きのうは新宿署で仮眠したと聞いた。

「来てたのか」

「はい。なかで喫えるかどうかわからなくて」

「俺は、なかへ入ると凍《こご》えそうで一服しに来た」

「玲人さんは、夏と冬の、どっちが好きなのですか」

「どっちも苦手だ」

となりに聳《そび》える白いビルにむかって紫煙を飛ばした。

「自分は夏も冬も大好きです」

「変温動物か」

「えっ」

小太郎が頓狂な声を発した。

玲人は立て続けに煙草をふかし、灰皿に捻《ひね》り潰した。

喫茶室に入った。

午前十時になるところで、空席がめだつ。

通路側の席を選んだ。もうゆがんだ外の風景は見たくない。

小太郎がネクタイを締め直し、上着を着た。

そこへ、内閣官房審議官の前田があらわれた。

白のシャツの襟も袖口もよれてはいなかった。

前田はレモンティを注文したあと、小太郎に声をかけた。

「訊問は順調か」

「はい。立花は容疑を認めています。ただ、背景が……」

小太郎が語尾を沈めた。

「動機は何と言っている」

「一緒に酒を呑んでいるうち些細なことで口論になり、帰り道でも矢野に罵られたのでカッとなって殴ってしまったと」

「矢野の供述と一致するのか」

「それが、まったく……」

小太郎が苦笑を洩らした。

むりもない。矢野も立花も真実を話すわけがないのだ。

立花が一方的に矢野を殴った。

通常の捜査でわかりえるのはその事実のみである。

「新宿署の捜査員はやる気があるのか」

「擁護《ようご》するわけではありませんが、告訴した者は麻布署に勾留されており、立花の取り調べには自分と自分の同僚が交互に立ち会うので、やる気はおこらないでしょう」

「それでも供述のウラはとっているのだろう」

「はい。さっさと体裁を整えて地検に送る……それが本音だと思います」

「桜田門のほかの部署がちょっかいをだしている気配はないか」

小太郎がきょとんとし、玲人のほうを見た。

小太郎は八年前の出来事に愛田が関与したことを知っているが、それを口にしていいのかどうか迷ったのだろう。

玲人は助け舟をだした。

「愛田は、立花の呼びだしに恐れるほどの小心者です。たとえ、中川の指示があっても立花の傷害事案にはかかわらないと思います」

「竹内。あさってまで、おまえが取り調べの主導権を握りなさい」

「しかし、傷害事案は……」

「別件を用意した」

「はあ」

小太郎が間のぬけた声を洩らした。

「山西にはあらたなスキャンダルが持ちあがるかもしれない」

「ほんとうですか」

「疑惑が事実と判明すれば、公安総務課の汚点になるぞ」

前田が口で威し、目で笑った。

山西の身体検査は、民和党が警察族議員を動かして公安部署に命じたか、もしくは官邸が内閣情報調査室を経由して公安部署に依頼したかのどちらかだが、いずれにしても政治家の身体検査は公安総務課が担当している。

莉子は、山西の政治資金管理団体のカネの動き、人脈とも問題なし、と言った。

小太郎の顔が強張った。

前田が鞄から茶封筒をとりだした。

「この疑惑を立花にぶつけなさい。新宿署の上層部にはさっき筋をとおした」

玲人は舌を巻いた。

なにもかも用意周到で、小太郎をここへ呼んだことの合点がいった。

「君はもう新宿署に戻りなさい」

「はい。失礼します」

小太郎が真顔で応え、席を立った。

玲人がひと息つく間もなく、前田が話しかけた。

「矢野のほうはどうだ。殴られた理由を喋ったのか」

「はい。あっさりと」

きのう、橋本と別れたあと麻布署へでむき、一時間ほど矢野を訊問した。

ホテルで橋本と面談したところまでは前田に報告してある。

「矢野は脅迫文のことで立花に詰め寄られたのです。山西や中川の名をだしても、さすがに脅迫文への関与は認めたくないのか、あの件でと濁しましたが……」

玲人は声を切り、目に力をこめた。

「矢野と立花をどうされるおつもりなのですか」

「時間が流れるのを待つ……それだけのことだ」

予想どおりの返答でも胸がざらついた。

官邸も民和党も、おそらく民和党選対本部も共通の思惑なのだろう。

しかし、不満があっても調査官としての任務を逸脱《いつだつ》するつもりはない。それはSP時代もおなじで、任務中に感情を露にすることはなかった。任務中に感情が昂《こう》じたのは唯一、発作に苦しむ岸本マミを目の前にしたときだけである。

「君はどうしたいのだ」

「……」

返す言葉が見つからなかった。

前田が続ける。

「矢野も立花も、君には関係ないだろう」

自分の何に関係がないのですか。

むきになりかけたが、そのひと言は胸に留めた。

言われるとおりかもしれない。

納得する自分がいることに気づき、ふいに、あることがうかんだ。

それが声になる。

「自分にけじめをつけさせたいのですか」

「何のけじめだ」

前田の目が笑ったように見えた。

胸にとまどいがひろがった。

前田が言葉をたした。

「君に言ったはずだ。任務は命じたが、まかせると」

「政治的判断が必要なときは指示をあおげとも言われました」

「いまのところ、あおぐ必要はない」

「民和党……選対本部からの要請もないのですか」

「ない」

「この先の指示を与えてください」

「逃げるな」

強い口調だった。

「それはどういう意味ですか」

「意味などあるものか。まかせると言ったのだ。それに従うのが筋目だろう」

玲人はうつむいて目を閉じ、感情をなだめた。

最後の任務は避けてとおれない。

それだけはわかっている。

だが、任務とは別のこだわりがある。

二つをごちゃ混ぜにしていいものかどうか、ずっと悩んでいた。

前田が腕時計を見た。

「立候補受付の〆切時刻まで、あと五十四時間と十八分だ」

言い置き、前田が立ち去った。

玲人は動けなかった。

官邸と民和党が自分に期待することはわかっている。

わかっていても割り切れない部分がある。

玲人は、ソファで腕を組み、そのときが来るのを待っていた。

気分は穏やかになりつつある。

ザ・キャピトルホテル東急のフロントで客室番号を知ったときは神経が波を打った。

八年前とおなじ部屋だった。

玲人が中川との面談を要望したが、ホテルを予約したのは前田である。

それ自体を訝しく思うことはなかった。検察や警察の関係者が政治家に訊問するさいはホテルの客室を利用するのが慣例になっている。

――午後九時までにキャピトル東急へ行きなさい。部屋はおさえてある。中川議員は九時半から十時の間に到着するそうだ――

前田はそれだけ告げて、電話を切った。

午後四時のことで、その三時間前にも前田から電話があった。

——民和党は、山西の公認を取り消し、比例代表からはずす決定をした——

——山西は受け容れたのですか——

——かなり抵抗したようだ。それなら無所属で静岡選挙区から出馬するとまで言ったそうだが、党はとりあわなかった——

——出馬を諦めるよう説得しなかったのですか——

——党の選対本部は、静岡県連の山西支持派を押さえ込んだ——

——根回しをしたうえでの通告……そういうことですか——

——自爆しないとの読みもある——

何を抱いての自爆なのか。

考えるまでもなかった。

だが、前田のひと言は肩に重くのしかかった。

万が一に備えて自爆させないよう環境を整えるのが自分の最後の任務になった。

客室に入った瞬間、八年前の光景がよみがえった。

鼓膜に前田の声が響いた。

——逃げるな——

退路をふさぐためにこの部屋を予約したのか。
そう思った。
しかし、おなじソファに座っているうち、どうでもいいことに思えてきた。
時刻を確認した。九時十五分を過ぎていた。
翌日午後五時が立候補受付の〆切時刻である。
ソファを離れ、浴室で煙草をふかした。
なにげなく鏡を見て、緊張していることに気づいた。
水をふくみ、口をゆすいだ。
幾分か頰が弛んだ。
ソファに戻った。
しばらくして、ノックの音もなくドアが開き、中川がひとりで入ってきた。
「まさか、このわたしが君の訊問を受けるはめになるとは夢にも思わなかった」
座るなりそう言い、ソファにもたれ、足を組んだ。
そこまでの態度はこれまでとおなじだった。
しかし、そうした動きが虚勢に思えるほど、顔には余裕がなかった。
「訊問ではありません。事実の確認です」

玲人は、つとめて静かな口調で言った。

中川が背をおこした。

「事実とはなんだ」

「山西に出馬を断念させ、政界からの引退を画策した理由を教えてください」

「なにを言う。きさま、気がふれたか」

一瞬にしてちいさな顔が朱に染まった。

この二日間に溜まった怒りが爆発したように見えた。

玲人が矢野の言質《げんち》を得た以降の中川は居ても立ってもいられない心境だったと思う。

中川には麻布署や新宿署での捜査状況が伝えられているはずである。

他方、前田によれば、民和党は中川に説明を求める行動をとっていないという。

中川は針の筵《むしろ》に座らされていただろう。

玲人はじっと中川を見つめた。

「気がふれたのはあなたのほうでしょう」

「なにっ」

中川の腰がういた。

玲人は顔を近づけた。

「かぎりのない欲望は不安を募《つの》らせるのですね。そして、人が人でなくなる」

「……」

中川の顎がふるえ、歯軋《はぎし》りが聞こえた。

かまわず話を続ける。

「衆議院議員になって山西の利用価値がなくなった……いや、むしろ邪魔になった。それはそうでしょう。山西に汚れた恩義を着せただけではなく、矢野淳也と結託し……矢野は結託ではなく、獲物の共有と言ったが……あなたは山西と矢野の間に入った」

「違う」

中川が声を張った。

だが、虚勢にも感じないほど迫力を欠いていた。

「あなたは、山西のカネにまつわるスキャンダル・ネタを摑んでいましたね」

返答を待ったが、中川は瞳をゆらすだけだった。

「そのスキャンダルがつぎの臨時国会で暴露されるという情報も入手していた。警視庁公安部は常に監視下におく共進党の内部情報にあかるい。警察族議員のひとりになったあなたの下にはそういう情報が届いているはずです」

「知らん」

「国会で暴露されれば、自分に火の粉が飛んでくるかもしれない。窮地に陥った山西がなりふりかまわず、あなたにすがり、八年前のことをばらすと威して警察に圧力をかけさせるかもしれない……邪魔ですよね」

「なにを言っているのか、さっぱり……」

「悪あがきはやめてください」

玲人は語気を強めてさえぎった。

「山西を永田町に戻らせない。矢野に書かせた脅迫文も……」

「もういい」

中川が吐き捨てるように言った。

顔から血の気が引いていくのがわかった。

「もうおわったんだ」

独り言のように言い、ちいさく頷いた。

「なにがおわったのですか」

「参院選終了後に辞職する。いま、決めた。言っておくが、おまえに引導を渡されたわけではない。健康上の理由でいったん身を退くのだ」

「いったん……ですか」

「そうだ」

「党のどなたかと話し合われたようですね」

頭に稲村の名がうかんだ。

「警察庁出身の先輩方に相談した」

中川の声が強くなり、瞳がぶれなくなった。

「つぎの衆院選は任期満了後だろうから、一連の不祥事は風化する。その間に、再起を期して万端の準備をしろと……そう助言された」

「いつ相談されたのですか」

「山西の秘書の立花が逮捕されたあとだ。あの男はどうにもならん。おまえとおなじで融通が利かん。で、先輩方に相談した」

「……………」

玲人は呆れてものが言えなかった。

警察は、組織を護るためには何でもやる。身内を庇うのも組織防衛のためだ。警察内部の犯罪者には辞職を勧告し、組織の不祥事には関係者を厚遇することで、事実そのものを闇に葬《ほうむ》り去ってきた。

わかっていても落胆した。

「ようやく夢を摑んだのに……」
声がして、逸れていた視線を戻した。
「政治家になるために警察庁に入られたのですか」
「そうだ」
のぼる階段を間違えられたようですね。
そのひと言は声にしなかった。
自分も違《たが》えたのだろうか。
ふいに、そう思った。
警察官になるのは少年のころからの夢だった。制服警察官になりたかった。
階段ではなく、傾斜があるのかないのかわからぬ坂路を踏んでいるつもりだった。
どうして退官したのだろう。
こんな男のせいで警察官を辞めたのかと思うと情けなくなった。
中川らに刃向い、己の警察の正義を貫けばよかった。
そうも思った。
首が傾き、視線がおちた。
もう中川の顔は見たくなかった。

きょうの午前九時七分、矢野は単純賭博罪で略式起訴され、罰金刑が確定した。その三十分後、矢野は傷害罪による告訴をとりさげ、立花は身柄を釈放された。

それらの事実はマスコミで報道されなかった。山西のあらたな疑惑は山西の出馬断念を受けて訊問を中止した。

一部の新聞が朝刊で山西の不出馬を報じたが、どこもちいさい扱いだった。

玲人は、おとといの中川とのやりとりを詳細に話したあと、稲村を見据えた。

衆議院議員会館の稲村事務室にいる。

選挙期間中の呼びだしはないだろうと思っていたが、けさ電話があった。立花の釈放から十数分が過ぎたときだった。

――十一時四十分に事務所に来なさい。十二時十五分まで時間を空けた――

分刻みの予定をこなしているのは容易に推察できた。

すべて内閣官房の思惑どおりに事が進んでいるのに、どうして参院選公示日の翌日の、多忙なときに会うのかと疑念を覚えたけれど、否も応もない。

「中川は党に辞職の意思を伝えたのですか」

「所詮、官僚よ」

稲村が吐き捨てるように言った。

問答になっていない。

玲人が黙っていると、稲村が言葉をたした。

「策略をめぐらせるのは得意のようだが、詰めがあまい。あますぎる」

「自分を雇ったのも中川の策略ですか」

「くだらない質問はよしなさい。わたしの指示だと思っているくせに」

「認めます。しかし、その理由がわかりません」

「幾つかあるが、ひとつだけ教えてやる。わたしは、中川が衆院選に当選したときに山西との関係がぎくしゃくすると予感した。もちろん、八年前の出来事を君に聞いていたからだが、議員になった中川がつぎに考えることは容易に推察できた」

「山西潰しですか」

「そうだ。出世の道具が、のちに己の疵になる」

玲人は、中川の言葉を思いだした。

――心配の芽は早く摘んでおくのがわたしの信条だ――

中川の心配の芽は山西への脅迫ではなく、山西のあらたなスキャンダル、いや、山西の存在そのものだった。

稲村はそれを読み切って、自分を山西の警護に使うよう中川に指示したのだろう。

玲人はもうひとつの疑念を口にした。

「詰めがあまいとはどういう意味ですか」

「警察庁出身の族議員といっても、もはや官僚ではなく政治家なのだ」

「……………」

玲人は目を白黒させた。

稲村の話は頭で咀嚼《そしゃく》しても理解できないことが多々ある。

「警察組織はなにが何でも身内の官僚を護るが、元官僚にはそこまでしない」

「中川に復活の道はないと……しかし、先輩方に相談し……」

「だから」

稲村がさえぎった。

「あいつはあまいと言っているのだ。その先輩方も全国二十七万人の警察組織、その関連団体、影響力を持つ所管下の組織……それらの意向を無視できるわけがない」

「……………」

玲人の首が傾いた。

「まだわからんのか。政治家をめざす警察官僚はゴロゴロいる。数年先のことなど……しかも、スキャンダルをかかえる者を推すわけがないだろう」

「中川は先輩方に説得されたわけではなく、だまされた……」

「本人が本気で再起を図るつもりなら、そういうことになる」

玲人はため息をついた。

「君が見捨てた組織のことだ。どうでもいいではないか」

稲村の目が笑った。

玲人は胸中を見透《みす》かされている気分になった。

「八年前……自分は逃げたのでしょうか」

「どうして訊く。わたしに救いを求めているのか」

「……」

応えられなかった。八年前の出来事の、闇に隠れていた部分があきらかになっても胸のわだかまりは消えそうにない。

「大昔のことではないか。先日の中川との差しの勝負も過去の話だ」

「しかし、先生は自分の過去を気に留めておられたのではありませんか」

「たしかに。わたしが現役でいる間は君に働いてもらわないとこまるからな」

稲村が真顔に戻して言葉をたした。

「君は、わたしに恩義を感じているか」

「はい」

「こまったやつだ」

「えっ」

「わたしにも裏はある」

「承知しております」

玲人は正直に言った。

「では訊くが、裏のウラは何だ」

「表と答えれば笑われますか」

「笑いはせん。それも真実……だが、裏には幾つものウラが貼りついていることもある」

「人の欲ですか」

「いろいろだよ。わたしへの恩義は、思い出のように胸に仕舞っておきなさい」

仕事に絡めるなということですか。

そう訊く前に、ドアが開き、事務の女が顔を見せた。

「先生、お時間です」

「おう」

稲村がおどけ口調で返した。
ほんの一瞬、稲村がひょっとこの面を被ったように見えた。

一〇〇字書評

欲望

切り取り線

購買動機（新聞、雑誌名を記入するか、あるいは○をつけてください）	
□（　　　　）の広告を見て	
□（　　　　）の書評を見て	
□ 知人のすすめで	□ タイトルに惹かれて
□ カバーが良かったから	□ 内容が面白そうだから
□ 好きな作家だから	□ 好きな分野の本だから

・最近、最も感銘を受けた作品名をお書き下さい

・あなたのお好きな作家名をお書き下さい

・その他、ご要望がありましたらお書き下さい

住所	〒				
氏名		職業		年齢	
Eメール	※携帯には配信できません	新刊情報等のメール配信を 希望する・しない			

この本の感想を、編集部までお寄せいただけたらありがたく存じます。今後の企画の参考にさせていただきます。Eメールでも結構です。

いただいた「一〇〇字書評」は、新聞・雑誌等に紹介させていただくことがあります。その場合はお礼として特製図書カードを差し上げます。

前ページの原稿用紙に書評をお書きの上、切り取り、左記までお送り下さい。宛先の住所は不要です。

なお、ご記入いただいたお名前、ご住所等は、書評紹介の事前了解、謝礼のお届けのためだけに利用し、そのほかの目的のために利用することはありません。

〒一〇一―八七〇一
祥伝社文庫編集長　坂口芳和
電話　〇三（三二六五）二〇八〇

祥伝社ホームページの「ブックレビュー」からも、書き込めます。
http://www.shodensha.co.jp/bookreview/

祥伝社文庫

欲《よく》　望《ぼう》　探偵《たんてい》・かまわれ玲人《れいじ》

平成25年10月20日　初版第1刷発行

著　者　浜田文人《はまだふみひと》
発行者　竹内和芳
発行所　祥伝社《しょうでんしゃ》
東京都千代田区神田神保町3-3
〒101-8701
電話　03（3265）2081（販売部）
電話　03（3265）2080（編集部）
電話　03（3265）3622（業務部）
http://www.shodensha.co.jp/
印刷所　堀内印刷
製本所　ナショナル製本
カバーフォーマットデザイン　中原達治

Printed in Japan ©2013, Fumihito Hamada ISBN978-4-396-33882-4 C0193

祥伝社文庫　今月の新刊

樋口毅宏　民宿雪国
ある国民的画家の死から始まる、小説界を震撼させた大問題作。

南　英男　暴発　警視庁迷宮捜査班
違法捜査を厭わない男と元マル暴の、最強のコンビ、登場！

安達　瑶　殺しの口づけ　悪漢刑事《わるデカ》
男を狂わせる、魔性の唇――陰に潜む謎の美女の正体は!?

浜田文人　欲望　探偵・かまわれ玲人《れいじ》
果てなき権力欲。永田町の〝えげつない〟闘争を抉る！

門田泰明　半斬《はんざん》ノ蝶《ちょう》　下　浮世絵宗次日月抄
シリーズ史上最興奮の衝撃。壮絶な終幕、悲しき別離――

辻堂　魁　春雷抄　風の市兵衛
六〇万部突破！　夫を、父を想う母子のため、市兵衛が奔る！

野口　卓　水を出る　軍鶏《しゃも》侍
導く道は、剣の強さのみあらず。成長と絆を精緻に描く傑作。

睦月影郎　蜜仕置《みっしおき》
亡き兄嫁に似た美しい女忍びが、祐之助に淫らな手ほどきを……

八神淳一　艶《つや》同心
へなちょこ同心と旗本の姫が人の弱みにつけこむ悪を斬る。

風野真知雄　喧嘩旗本　勝小吉《かっこきち》事件帖　新装版
江戸八百八町の怪事件を座敷牢の中から解決！

佐々木裕一　龍眼　隠れ御庭番・老骨伝兵衛
敵は吉宗！　元御庭番、今は風呂焚きの老忍者が再び立つ。